REENCONTRO
literatura

As mil e uma noites

Tradução e adaptação em português de

Julieta de Godoy Ladeira

Ilustrações de

Felix Reiners e Agostinho Gizé

editora scipione

Responsabilidade editorial
Sâmia Rios
Edição
Maria Cristina Simi Carletti
Assessoria editorial
Suely Mendes Brazão
Revisão
Maria Luiza Xavier Souto
e Thiago Barbalho
Coordenação de arte
Maria do Céu Pires Passuello
Diagramação
Marcos Dorado dos Santos
Programação visual de capa e miolo
Didier Dias de Moraes
Ilustração de capa
Felix Reiners
Ilustrações de miolo
Agostinho Gizé
Vinhetas
Mariângela Haddad

editora scipione

Av. Otaviano Alves de Lima, 4400
Freguesia do Ó
CEP 02909-900 – São Paulo – SP

ATENDIMENTO AO CLIENTE
Tel.: 4003-3061

www.scipione.com.br
e-mail: atendimento@scipione.com.br

2025

ISBN 978-85-262-4736-9 – AL
ISBN 978-85-262-4737-6 – PR

Cód. do livro CL: 734331

12.ª EDIÇÃO
23.ª impressão

Impressão e acabamento
Forma Certa Gráfica Digital
Código da OP: 286222

Traduzido e adaptado de *Les mille et une nuits*, contos árabes tradicionais, traduzidos por Joseph Charles Mardrus, editora Robert Laffont, Paris, 1983; consulta e adaptação de *As mil e uma noites*, contos árabes, Lello & Irmãos Editores, Portugal.

Dados Internacionais de Catalogação na Publicação (CIP)
(Câmara Brasileira do Livro, SP, Brasil)

Ladeira, Julieta de Godoy

As mil e uma noites / adaptação em português de Julieta de Godoy Ladeira. – São Paulo: Scipione, 1997. (Série Reencontro literatura)

1. Literatura infantojuvenil I. Título. II. Série.

97-0004 CDD-028.5

Índices para catálogo sistemático:
1. Literatura infantojuvenil 028.5
2. Literatura juvenil 028.5

Este livro foi composto em ITC Stone Serif e Frutiger
e impresso em papel Offset 75g/m².

SUMÁRIO

QUEM CRIOU *AS MIL E UMA NOITES*?

Uma caravana passa com seus camelos por um oásis, em meio ao deserto. Um grupo de dançarinas, com roupas coloridas e transparentes, os rostos semiocultos por véus, prepara-se para iniciar a sugestiva dança do ventre. Numa noite quente de luar, paira no ar o suave e envolvente perfume de jasmim.

Estas são algumas cenas que invadem a imaginação do leitor de *As mil e uma noites*, vasta coletânea de contos populares árabes, que constituem um monumento da literatura oriental.

Documentos dos séculos IX e X atestam que o fio narrativo dessa obra, isto é, o artifício usado por Sherazade ao narrar as histórias, bem como os temas de vários desses relatos, tiveram origem num certo livro persa já desaparecido, chamado *Hazar Afsanah.*

Com o passar do tempo, de geração a geração, dezenas de outros contos, não mais exclusivamente de origem persa, mas em geral árabe, foram acrescentados á obra. O livro não foi, portanto, criado por um determinado autor, com um certo objetivo. A sua lenta e variada formação fez com que ele adquirisse diversas características de todo o mundo árabe e seu rico folclore.

As histórias fantásticas de *As mil e uma noites* propiciam uma visão geral dos costumes, da religião e do próprio espírito dos povos do Oriente. Em suas páginas desfilam, com ligeiras variações de tema e linguagem, ricos sultões e vizires em seus suntuosos palácios; as cidades milenares – como Cairo, Bagdá e Damasco –, com suas ruas estreitas, onde vivem incontáveis mercadores de tecidos e tapetes; os costumes sociais e religiosos, cerimônias de casamento, o ritual das orações diárias, o cotidiano das mulheres sempre protegidas por eunucos.

E, por trás de tudo isso, a presença constante do espírito árabe: o gosto pela aventura, o humor simples e ingênuo, o senso de justiça, a certeza de que o bem vence o mal e, principalmente, a fantasia que enfeita e facilita a realização de muitos dos seus sonhos.

A riqueza da obra provém justamente de ter crescido através dos séculos: os eventuais contistas empenharam-se em fazer com que seus textos delineassem um extenso painel das civilizações árabes.

Hoje, por meio da história comparada dessas civilizações, já se pode atribuir certa cronologia aos contos de *As mil e uma noites*. É quase certo serem do século X as histórias de Shariar e Shazenan – que constituem a introdução do livro. Já os contos de Simbad, o Marujo, parecem mais antigos. A grande maioria das narrativas, porém, teria sido escrita entre os séculos XI e XIV, poucas sendo produzidas nos séculos XV e XVI.

Em conjunto, os contos legendários de *As mil e uma noites* encerram uma mensagem positiva, algo que os antigos queriam transmitir a seus descendentes como lições de conduta, de vida e de amor.

Capítulo I

História do rei Shariar e de seu irmão, o rei Shazenan

Dizem as crônicas dos antigos sultões da Pérsia, que aumentaram seu império com a conquista das índias, de ilhas e terras que iam muito além do Ganges, chegando até a China, que existiu antigamente um sultão diferente de todos os outros. Os vassalos o amavam por sua prudência, coragem e sabedoria. Os vizinhos o temiam, pensando em suas tropas bem disciplinadas.

Esse sultão tinha dois filhos. Tanto o primeiro, seu herdeiro, Shariar, como o outro, Shazenan, também eram, por suas qualidades, admirados pelo povo.

Após longo reinado, morrendo o sultão, Shariar o substituiu. Seu irmão Shazenan recebeu como herança a Tartária e foi governá-la. Deixou então o reino, passando a residir em Samarcanda.

Depois de dez anos, desejando muito rever o irmão, Shariar enviou um primo, que era vizir, isto é, ministro, com grande comitiva, para convidar Shazenan a visitá-lo.

O vizir e sua comitiva foram recebidos com a maior alegria por Shazenan e por todos os príncipes de sua corte.

Shazenan pensou no convite e, como seu reino se encontrava em paz, achou que podia se ausentar. Em alguns dias estaria pronto para a partida.

Ordenou então que armassem diversas tendas para as pessoas da comitiva do vizir e servissem a todos as melhores tâmaras e refrescos. Além disso, ofereceu ao primo presentes do maior valor.

Antes de deixar a Tartária, Shazenan tratou dos negócios mais urgentes, nomeou um Conselho para governar em sua ausência e despediu-se da mulher. Ao cair da tarde saiu de Samarcanda. Toda a equipagem já se encontrava nas tendas, fora da cidade.

Mas, pouco antes do amanhecer, com saudade da mulher, Shazenan resolveu voltar ao palácio, para dar à sua favorita um último adeus. Foi só.

Ao clarão das tochas, que nunca se apagavam nos quartos dos príncipes, viu sua mulher abraçada a um dos oficiais inferiores da casa. Sem poder acreditar, Shazenan ficou por instantes em silêncio, imóvel.

Como *Khan* (ou imperador) da Tartária, ele costumava punir maldades e injustiças cometidas em seus domínios. Como marido, queria apagar da terra essa ofensa. Aproximou-se da cama e, com sua espada, matou os dois, atirando-os no fosso que cercava o palácio.

Uma vez vingado, saiu da cidade, voltando para a tenda do vizir, seu primo. Não contou a ninguém o que houve, nem o que fez. Mandou que recolhessem as barracas para partir. Ao amanhecer, soaram tímbalos e outros instrumentos, em geral alegres, mas não animaram o *Khan* da Tartária, nem nesse momento, nem em toda a viagem, que ele suportou com profunda melancolia.

Perto da capital das índias viu caminhar a seu encontro o sultão Shariar, que se aproximava com os grandes da corte para recebê-lo. Os irmãos desceram dos cavalos para se abraçar. Trocaram gestos de saudade, de ternura. Voltando às montarias, entraram na cidade sob aclamações e foram para o novo palácio, mandado construir especialmente para a visita, onde ficariam próximos um do outro.

Os palácios se comunicavam através de magnífico jardim, construído para festas e divertimentos da corte.

Shariar deu tempo para o banho e o descanso do irmão; depois voltou a procurá-lo e conversaram por muitas e muitas horas. Havia tanto o que dizer depois de dez anos. Compreendendo isso, os cortesãos se afastaram, deixando que os irmãos aproveitassem bem esses primeiros instantes do reencontro.

Conversaram durante a ceia e depois dela. Percebendo depois a noite adiantada, separaram-se. Cresceu então o tormento de Shazenan.

Ao lado do irmão, sentira um pouco de paz. Mas agora, só, não conseguia dormir. A cena da mulher com o oficial voltava cem vezes a seu pensamento, de modo tão vivo como se a estivesse revendo. A tristeza com que apareceu pela manhã foi logo notada pelo irmão. Ele pensou: "O que terá o *Khan* da Tartária? Qual será a causa dessa amargura? Aqui está sendo recebido com amor e todas as honras. Será a mágoa por ter se afastado da mulher e de suas terras?"

Imaginando ser essa a razão, Shariar resolveu antecipar a entrega dos presentes que desejava oferecer, deixando o irmão à vontade para regressar a Samarcanda. Os presentes continham tudo o que as índias produziam de mais raro, de mais rico e original.

Mas, apesar de sua tristeza, Shazenan não partiu logo. Dias depois, para distraí-lo, o sultão organizou uma grande caçada, mas Shazenan pediu para ficar no palácio, pois não se sentia disposto a acompanhar Shariar. Não querendo constrangê-lo, deixando por sua causa de ir à caçada, o sultão partiu com toda a corte.

Vendo-se só, o *Khan* da Tartária encerrou-se em seus aposentos. Das janelas olhava o jardim, ouvia os pássaros.

Em outras condições, apreciaria bastante toda essa beleza, mas não conseguia esquecer a dor daquela madrugada em Samarcanda.

De repente, viu que ao lado, no palácio do irmão, uma porta se abriu para o jardim e dela saíram vinte pessoas. Reconheceu, no meio delas, a sultana, sua cunhada, de porte inconfundível. Pensando que o *Khan* da grande Tartária também estivesse caçando, as pessoas aproximaram-se, sem cerimônia, de sua janela. Shazenan procurou se ocultar, para não ser visto. Notou que os acompanhantes da sultana descobriam o rosto sem nenhum constrangimento e largavam os vestidos longos que usavam sobre outros, bem mais curtos. Percebeu então haver dez mulheres e dez negros, que tomaram, cada um, sua amante. Também a sultana não ficou muito tempo só: bateu palmas, chamando: "**Masoud, Masoud!**" –, e logo desceu outro negro de uma árvore, correndo para ela.

Não é preciso explicar o que se passou entre aquelas mulheres e os homens. Shazenan viu o bastante para julgar que seu irmão teria tantos motivos para se lastimar quanto ele. No jardim, os divertimentos duraram até a meia-noite. Por fim, banharam-se todos no tanque ornamental, vestiram-se e tornaram a desaparecer pela porta secreta de onde saíram. Masoud, que viera de fora, por cima da muralha do jardim, voltou pelo mesmo caminho.

O *Khan* da Tartária passou então o resto da noite refletindo: sua desgraça não era tão singular. Sem dúvida, era esse o destino de inúmeros maridos. Até seu irmão, o maior príncipe do mundo, era traído. Shazenan resolveu não mais se angustiar. Concluiu: "As situações sem remédio não devem perturbar o descanso de nossa vida".

Como ainda não jantara, pediu que colocassem a mesa e comeu com grande apetite, como ainda não fizera desde que deixara Samarcanda. Durante o jantar, ouviu com prazer a música de um concerto.

Dias depois, ao saber que o sultão voltava da caçada, foi a seu encontro com ar alegre. Shariar não reparou logo na transformação do irmão. Falou o quanto sentiu sua falta, mostrou a caça abatida e depois ouviu, pela primeira vez, Shazenan contar histórias da Tartária, com o mesmo espírito de quando eram jovens.

O sultão, que esperava encontrar Shazenan triste como o deixara, alegrou-se vendo-o tão diferente, tão jovial. Perguntou se podia contar a causa da mágoa com que chegara e a razão de a ter afastado assim. A seguir, para demonstrar a sinceridade de sua satisfação por ver o irmão livre daquele ar sombrio, perguntou o que podia oferecer de seu reino. Queria dar-lhe o presente mais valioso para comemorar aquela felicidade. Mas, antes, desejava saber o que acontecera.

Shazenan narrou a madrugada em que deixara a Tartária.

– Oh, meu irmão – murmurou Shariar –, foi uma ação justa. Confesso que em seu lugar eu sacrificaria mais de uma mulher à minha raiva. Já não estranho mais a aflição com que o vi chegar. Devemos louvar Alá por essa consolação.

Mas Shariar continuou insistindo, queria saber o que mudara com tanta rapidez o estado de espírito do irmão. Shazenan não sabia como começar, mas acabou contando a cena do jardim. Ao terminar, disse ao irmão que um homem não podia ser tão fraco a ponto de fazer seu destino depender da fidelidade de uma mulher. Mas o sultão não acreditava no que ouvia. A sultana das Índias, se prostituindo de modo tão indigno? Teria que ver com os próprios olhos.

Shazenan entendeu a dúvida e a indignação do irmão, e sugeriu que ordenasse nova caçada.

– Deixaremos a cidade com toda a corte. Depois voltaremos, sós, para meus aposentos.

Aprovado pelo sultão o estratagema, saíram para outra caçada com toda a comitiva. À noite, Shariar ordenou ao grão-vizir que fizesse as honras em sua ausência e, sem que percebessem, voltou ao palácio com o irmão. Entraram disfarçados.

No dia seguinte, também da mesma janela, o sultão viu as dez mulheres e os dez negros no jardim, e a sultana chamou Masoud, repetindo com ele aquelas cenas. Convencido de sua desgraça, de sua vergonha, Shariar convidou o irmão a abandonar, com ele, todo o esplendor que os cercava. Queria uma vida obscura, em reinos estranhos. Shazenan hesitou um pouco, mas vendo o desespero do irmão, acabou concordando. Resolveram só voltar a seus reinos se encontrassem neste mundo alguém mais infeliz do que eles.

Deixaram o palácio e seguiram por caminho contrário ao que fizeram, evitando assim encontrar os companheiros de caça.

Andaram durante alguns dias, à noite adormecendo sob as árvores. Certa manhã, ouviram um estrondo e um grito espantoso os assustou. Olharam o mar: abriam-se as águas e uma estranha coluna negra dali se levantava, perdendo-se entre as nuvens. Escondendo-se, os dois, no alto de uma árvore, enxergaram um gênio maligno, de altura descomunal, sair das águas, mantendo, sobre a cabeça, uma caixa de vidro com sete fechaduras de aço. O gênio entrou no bosque e depositou a caixa exatamente embaixo da árvore onde os irmãos se encontravam imóveis, certos do perigo que corriam.

Usando sete chaves diferentes, o gênio abriu a caixa e dela os irmãos viram sair uma lindíssima mulher, ricamente vestida. Pelo que dizia o gênio, e ouviam como falava de modo amoroso, apaixonado por aquela mulher, que roubara no dia em que se casaria com outro. Desde então a cobria de joias e de amor.

Pouco depois, o gênio adormecia com a cabeça sobre os joelhos da mulher, esticando as pernas que, enormes, chegavam até ao mar. A mulher acariciava seus cabelos. Assim que adormecido, seu ronco ressoando por toda a praia, a mulher olhou para cima e fez sinal aos irmãos para que descessem. Suplicaram, também com sinais, pedindo que tivesse cuidado e não os denunciasse. Mas ela insistiu, e de modo tão atraente, ameaçando acordar o gênio se não a obedecessem. Shariar e Shazenan resolveram descer. Segurando-os pela mão, a mulher levou-os pouco mais adiante, entre outras árvores, fazendo uma proposta que não aceitaram logo, pela presença tão próxima do gênio. Mas depois não resistiram e deles ela conseguiu todo o prazer que desejava. A seguir pediu um dos anéis que usavam. Abriu então pequena bolsa de veludo e mostrou um cordão onde guardava anéis de todos os tipos e tamanhos, perguntando:

– Sabem o que estas joias significam?

Como os irmãos ignoravam, ela explicou:

– São anéis de todos os homens que estiveram comigo, como vocês. Vejam: noventa e oito, bem contados. Agora, com estes dois que acabam de me dar, completo o cento.

Surpreendidos, perguntaram:

– Conseguiu tudo isso apesar da vigilância do gênio, da caixa de vidro e das sete fechaduras?

– Por mais que ele me feche e me guarde no fundo do mar, encontro sempre um jeito de fazer o que quero.

Não há marido ou amante que impeça os planos de uma mulher. Bem fariam os homens deixando-as soltas, em paz. Trairiam menos.

Tendo falado assim, voltou a guardar a bolsa de veludo, sentou-se novamente sob a árvore e colocou a cabeça do gênio adormecido sobre seus joelhos, fazendo sinal aos dois príncipes para se retirarem.

Convencidos afinal de que o gênio era mais infeliz do que eles, Shariar e o *Khan* da Tartária resolveram regressar a seus palácios, onde chegaram três noites depois da partida.

Shariar dirigiu-se ao aposento da sultana, mandou prendê-la e entregá-la ao grão-vizir, com ordem para que fosse degolada. O grão-vizir não sabia que espécie de crime fora cometido, mas executou a ordem. A seguir, o próprio Shariar cortou a cabeça de todas as criadas da sultana. Certo de não encontrar nenhuma esposa fiel, para evitar traições, o sultão decide casar-se cada noite com uma mulher diferente, ordenando ao grão-vizir que elas sejam mortas ao amanhecer. Para iniciar esse plano, Shariar aguardaria a partida do irmão.

Assim que Shazenan se despediu e voltou para a Tartária, carregado de suntuosos presentes, seu irmão pediu ao vizir que lhe mandasse, nessa mesma noite, a filha de um de seus generais. Como havia planejado, no dia seguinte mandou matá-la, ordenando que outra fosse procurada para a próxima noite. Sentia-se repugnado o vizir por executar essas ordens, mas como devia ao sultão obediência cega, a cada dia apresentava a ele uma nova mulher.

Essa desumanidade acabou consternando todo o reino e passou a ser comentada com horror em outras cidades. Nas casas, onde havia jovens, ouviam-se de longe gritos e lamentações. Pais que choravam a perda das filhas; mães que temiam, para as suas, a mesma sorte. Ninguém sabia, a cada momento, que jovem seria escolhida para dormir com o sultão e morrer pela manhã. Em lugar de admiração e amor, como antigamente, Shariar inspirava agora horror e medo entre todos os vassalos.

O grão-vizir, que executava as mortes revoltado, também receava por suas duas filhas: Sherazade, a mais velha, e Dinazarde, gentil e prestimosa. Sherazade não tinha os mesmos pendores da irmã, mas possuía personalidade marcante. Mais instruída do que todas as mulheres de seu tempo, lia muito, de nada esquecendo. Conhecia artes e ciências, filosofia, medicina, e fazia versos superiores aos dos mais famosos poetas. Além disso, sua rara beleza chamava atenção.

Certa vez, conversando com o pai, ela disse ter uma graça a pedir, um favor muito grande. Sabia o quanto era amada pelo vizir, que, se pudesse, daria a própria vida pelas filhas. Confiante, certa de que nada lhe seria negado, confessou não suportar mais as barbaridades do sultão, o pavor e as lágrimas de todos.

– É pela sua intervenção, meu pai, que a cada noite ele tem uma nova mulher. Pois eu suplico que me escolha para esta noite.

O vizir custou a acreditar nesse absurdo pedido. Interrompendo Sherazade, perguntou, arrebatado, se ela perdera o juízo.

– O sultão jurou não dormir senão uma única noite com a mesma mulher, mandando matá-la no dia seguinte. Como poderei indicar minha filha para uma condenação dessas?

– Conheço o perigo e todos os riscos. Eles não me assustam. Se o que estou planejando não der certo, terei uma morte gloriosa. Mas, se der, estaremos livres da crueldade desse juramento.

– Não, não posso consentir. Ao amanhecer, como

poderia levantar o punhal para matar minha filha? Mesmo que você não tenha medo, pense nisso: no desgosto mortal de seu pai.

Sherazade não desistiu. E teimou no pedido, aumentando o horror do vizir, que não entendia porque a filha desejava tanto se destruir.

– Acontecerá o que aconteceu ao burro, que estava bem e depois não sossegou mais.

Sherazade, curiosa, quis logo saber que burro era esse e qual tinha sido sua desgraça. O vizir passou a contá-la.

Capítulo II

Fábula: O burro, o boi e o lavrador

"Um mercador muito rico possuía diversas fazendas, onde criava grande quantidade de gado. Ele morava numa dessas propriedades, com a mulher e os filhos. Esse mercador entendia a linguagem dos animais, mas se revelasse a alguém esse segredo, perderia a vida. Era triste para ele não poder comunicar aos outros as coisas que aprendia por meio desse dom, ouvindo os bichos.

"Certa vez, vendo os filhos brincar no jardim, junto às árvores mais copadas, o mercador escutou a conversa de um boi e de um burro, que por ali também aproveitavam as sombras. Lastimava-se o boi, achando-se muito sacrificado. Dizia ao burro:

– Seu maior trabalho é levar nosso dono a alguma pequena viagem. Fora disso, o que você faz? Coisa nenhuma. É lavado, cuidado, cevado. E vive livre. Veja agora a diferença. Desde a madrugada, tenho que puxar a charrua que sulca a terra. Durante o dia, alguém, a meu lado, não para de me picar, querendo que eu ande mais depressa, que trabalhe, trabalhe. Depois, comida péssima e, ainda por cima, passo a noite no meio do esterco. Tenho ou não razão para invejar sua vida?

"O burro, que ouviu tudo em silêncio, aconselhou então o boi a se revoltar, a reconhecer a própria força, a resistir.

– Não se deixe maltratar, fique furioso, dê chifradas. Se a comida não prestar, não coma. Vão deixar que morra? Não são capazes disso. Você vale muito. Fazendo o que digo, as coisas mudam, vá por mim.

"No dia seguinte, lembrando-se dos conselhos do burro, o boi trabalhou devagar. Quando o lavrador se aproximava, assustava-o com os chifres e recuava mugindo, cavando a terra. Depois negou-se a comer, estendendo-se no chão, como se estivesse doente. Assustado, o lavrador correu ao patrão para contar o que se passava.

"Recordando bem a conversa do burro ouvida na véspera, o mercador resolveu castigá-lo:

– Vá – ordenou a um escravo –, e coloque amanhã cedo o burro no lugar do boi. Quero que esse burro sabido faça todo o serviço.

"Ah, que dia teve o burro. Sem estar acostumado com o serviço, pensava a cada instante que ia morrer de cansaço. E, além disso, o lavrador o espancava a toda hora para que andasse mais rápido. Ao anoitecer, nem se aguentava de pé.

"O boi, contentíssimo, aproveitou a folga e os cuidados que lhe dispensaram. Ao ver chegar o burro, agradeceu muito os conselhos. Mas o coitado nem respondeu. Pensava: 'Por minha imprudência mereci esta desgraça. Vivia feliz, tudo corria tão bem. Agora, se não tiver uma boa ideia, não suportarei, sei que vou morrer'."

Chegando a esta passagem da história, o grão-vizir, pai de Sherazade, pediu:

– Não faça como o burro, minha filha. Não procure sua desgraça.

– Meu pai – respondeu Sherazade –, esse exemplo em nada mudará minha resolução.

Diante dessa teimosia, o vizir decidiu agir de outra maneira, lembrando-se do mercador da história que acabara de contar.

– Sabe o que o mercador fez com a mulher? Também ela era teimosa.

Mas Sherazade insistia em saber se o burro teve alguma ideia luminosa.

– Teve, lá isso teve. Ele disse ao boi que, escondido, ouvira o patrão falar ao lavrador que, se ele continuasse doente, sem poder fazer nada e sem comer, melhor seria matá-lo, vender a carne e o couro.

Não precisou mais nada para o boi voltar a aparentar a saúde que sempre tivera, e a puxar, manso, a charrua, como de hábito.

– E a mulher do mercador? – perguntou Sherazade.

– Vendo o marido rir tanto no fim do dia ao olhar para o boi e para o burro, ela queria saber a razão desse riso. Afinal o que se passava? – O vizir tentou reproduzir, para a filha, a resposta do mercador:

– Só posso dizer que acho graça no que aconteceu ao burro e ao nosso boi. O resto não deve ser revelado. Contente-se em me ver rir. Não pergunte nada.

– Quem o impede de me dizer um segredo?

– Se eu disser, isso custará sabe o quê? A minha vida.

"A mulher do mercador não podia acreditar, e passou desde então a atormentar o marido para saber o segredo. Pediu, depois ameaçou, e por fim atravessou a noite num canto, chorando. O mercador explicava o que podia, dizendo não valer a pena ela ficar desse jeito por tão pouco. Por ele, diria. Porém, se morresse, o que seria dela e da família?

"De pura curiosidade, definhou tanto a mulher do mercador, depois disso, que já não saía da cama. Com medo de ela morrer, o marido mandou chamar toda a família e explicou a situação. Todos tentaram afastar a mulher de sua teima, sem nenhum resultado. Os filhos choravam amargamente. Sem saber mais o que fazer, o mercador sentou-se, só, à porta da casa para pensar, disposto a dar sua vida para salvar a da mulher. E lá estava, quando viu um galo correr, animado, atrás de uma galinha. O cão, sabendo o que acontecia dentro de casa, chamou à ordem o galo por nem se importar.

– Como você pode ser tão irresponsável? Veja a tristeza de nosso amo.

"O mercador ouviu então o galo responder:

– Ora, ele tem apenas uma mulher e não sabe governá-la. Eu tenho cinquenta e todas fazem o que eu quero.

– O que ele deve fazer? – perguntou o cão.

– Entrar no quarto, fechar a porta, ameaçá-la com o chicote. Garanto que não só ficará boa, como nunca mais falará em segredo algum.

"Assim que o galo fechou o bico, o mercador levantou-se e, com o chicote, dirigiu-se ao quarto da mulher para seguir aquele conselho. Pouco depois, com grande alegria, a família viu a doente voltar para a sala, pedindo o jantar.

"Na verdade, nunca mais ela exigiu a revelação do segredo, vivendo bem com o mercador, como se nada houvesse acontecido.

– Minha filha – concluiu o grão-vizir, para Sherazade, –, creio que eu também, para quebrar sua teimosia, deveria agir como o mercador.

– Não adianta, meu pai. Nem essa nem todas as histórias deste mundo me afastarão do meu plano. Espero que me perdoe. Mas saiba que, se por ternura me negar sua ajuda, irei sozinha me apresentar ao sultão.

Vencido pela firmeza da filha, o vizir anunciou a Shariar que na noite seguinte lhe traria Sherazade.

O sultão ficou surpreso por tão grande sacrifício.

– Sua própria filha? Mas você sabe o destino que ela terá.

– Sim, senhor. Porém foi ela mesma quem pediu.

– Faça como quiser, mas não me peça amanhã que tenha clemência, nem ouse deixar de cumprir minhas ordens. Se Sherazade não morrer ao amanhecer, você será morto em lugar dela.

O vizir repetiu as mesmas palavras à filha, mas ela as recebeu com alegria. Agradeceu ao pai e, vendo-o tão abatido, tentou consolá-lo dizendo que ele teria razões, durante o resto de sua vida, para se lembrar com orgulho desse dia.

Depois disso, Sherazade não fez outra coisa senão preparar-se para aparecer diante do sultão. Escolheu as melhores joias e cobriu-se com as mais bonitas sedas. Antes de partir, chamou a irmã Dinazarde e pediu:

– Preciso de você um favor muito importante. Preste atenção e ouça com paciência. Assim que eu estiver com o sultão, pedirei a ele que você durma também nos aposentos nupciais, para que eu goze da sua companhia ainda esta noite, já que nunca nos separamos. Se ele concordar, como espero, lembre-se de me acordar antes de romper o dia. Agora, o mais importante: já que então estaremos sem sono, peça para eu contar uma das muitas histórias que sei. Se der certo esse plano, se eu puder narrar um dos belos contos que aprendi, nosso povo estará salvo dessa ameaça constante em que vive.

Dinazarde prometeu fazer tudo o que a irmã acabara de pedir.

Chegada a hora marcada, o grão-vizir levou Sherazade ao palácio e se retirou, deixando-a nos aposentos do sultão. Vendo-se diante dela, o monarca ordenou que descobrisse o rosto. Achou-a de extraordinária beleza, mas percebeu que chorava.. Perguntou então a razão daquelas lágrimas e Sherazade mencionou a falta que sentia da irmã e o desejo de tê-la próxima de si ainda uma vez. Shariar consentiu que Dinazarde se deitasse na mesma câmara, junto ao estrado alto onde ele e Sherazade passariam a noite.

Conforme combinaram, antes do amanhecer Dinazarde lembrou-se do que a irmã recomendara e chamou-a, baixinho:

– Já que você também está acordada, esperando o Sol, por que não me conta uma daquelas histórias que conhece tão bem? Será talvez a última que terei o gosto de ouvir.

Antes de responder, Sherazade dirigiu-se ao sultão, perguntando-lhe se consentia que desse esse prazer à irmã.

– De muito boa vontade –, respondeu Shariar.

Então Sherazade pediu a atenção dos dois e, dirigindo-se principalmente a Shariar, começou a contar esta história:

Capítulo III

O Mercador e o Gênio

"Senhor, havia em outro tempo um mercador que possuía muitos bens e era obrigado, de quando em quando, a viajar para fazer novas compras e cuidar de seus negócios. Ia sempre só, a cavalo, com a mala na garupa e uma provisão de biscoitos e tâmaras, pois atravessava a parte de um deserto onde não havia o que comer. Certa vez voltava, após resolver todos os seus problemas, e no quarto dia da viagem o sol queimava tanto que ele se afastou da trilha que seguia para repousar um pouco à sombra de umas árvores.

"Amarrou o animal a uma nogueira e viu, por perto, uma fonte de água corrente e cristalina. Apanhou os biscoitos, as tâmaras, e por ali ficou descansando. Comendo as tâmaras, jogava os caroços para todos os lados. Depois, como era muçulmano, lavou as mãos, o rosto, os pés e fez a sua oração.

"Mal acabou a prece, deu com um gênio de cabelos brancos, de altura exagerada, que já apareceu ameaçando-o, de alfanje na mão. Gritava, com voz terrível, e o mercador nada entendia. O gênio repetia, possesso:

– Você vai morrer, como matou meu filho.

– Eu? – perguntava o mercador, tremendo. Não conheço seu filho e ninguém passou por aqui.

– E as tâmaras? Você comeu as tâmaras e jogou os caroços por aí.

"O mercador concordou, mas ainda sem entender.

– Pois meu filho passava por aqui. Os caroços atingiram seu peito e ele morreu. Prepare-se. Vou matá-lo!

"O pobre mercador suplicou, pediu perdão, jurou não ter visto ninguém, mas o gênio, com o alfanje na mão, parecia cada vez mais furioso. Agarrou o mercador pelo braço e jogou-o de bruços ao chão, levantando a lâmina para cortar sua cabeça.

"Banhado em lágrimas, o mercador falava na mulher e nos filhos, dizia mil coisas ternas e tristes. O gênio esperava que as lamentações terminassem, sem se mostrar nem um pouco impressionado.

– Esses lamentos não adiantam nada. Você matou meu filho. Por isso vai morrer.

– O quê? Então não há nada neste mundo que possa enternecer uma pessoa de sua espécie? Está mesmo disposto a matar um inocente?

"Ao fazer essa pergunta..."

Chegando a esse ponto, Sherazade interrompeu a narrativa. Ela viu que o dia já estava claro e, sabendo que o sultão se levantava cedo para fazer suas orações e presidir o Conselho, parou de falar.

– Minha irmã – disse Dinazarde –, como seria maravilhoso se eu pudesse ouvir a continuação dessa história.

– Tenho a certeza – respondeu Sherazade –, de que você gostaria mesmo de saber o que aconteceu depois entre o gênio e o mercador. Aposto que nem pode imaginar.

Ao ouvir a resposta de Sherazade, Shariar mostrou também vontade de ouvir mais e permitiu que Dinazarde ali pernoitasse outra vez com a irmã. Afastou-se, a seguir, para seus afazeres.

O grão-vizir, que passara a noite acordado, inquieto, viu com grande alegria o sultão sair dos aposentos sem ordenar a morte de sua filha.

Quando caiu a noite, o sultão dormiu novamente com Sherazade e, de madrugada, Dinazarde chamou baixinho a irmã, pedindo que continuasse a história. Voltando-se para o marido, como na véspera, a sultana pediu seu consentimento e prosseguiu, também para ele ouvir, a história do mercador e do gênio, contando:

Capítulo IV

Um estranho acordo

"Vendo que o gênio estava mesmo disposto a matá-lo, o mercador deu um grito e implorou que lhe concedesse ainda uma palavra. Queria despedir-se da mulher e dos filhos, repartir os bens que possuía e se preparar melhor para a morte, prometendo ao gênio:

– Depois disso, voltarei a este mesmo lugar e me sujeitarei ao que for preciso.

– E se você não voltar?

– Juro por Alá, deus do céu e da Terra, que virei.

– E quanto tempo deverei esperar? – perguntou-lhe o gênio.

"Um ano pediu o mercador.

– Dentro de um ano, sem falta, estarei aqui, debaixo destas árvores, para me entregar.

– Que Alá seja então a testemunha dessa promessa.

"Concordando com isso o mercador, o gênio o libertou.

– Pode ir. Mas dentro de um ano...

"Imediatamente o mercador montou e saiu a galope, levando para casa a alegria de rever a família e a agonia de estar condenado.

"A mulher e os filhos o recebem estranhando seu abatimento. Diante das inúmeras perguntas que faziam, o mercador sentou-se e chorou amargamente, dizendo ter passado por um acidente extraordinário.

– Não tenho mais do que um ano de vida – respondeu, explicando o juramento que fizera ao gênio. Apesar do desespero tomar conta de todos, a partir do dia seguinte o mercador começou a dar ordens, pagar dívidas, fazer doações e repartir seus bens por testamento. Nomeou tutores para os filhos menores e ofereceu à mulher os presentes que pôde.

"Terminado o ano do prazo, colocou na mala o pano para a mortalha e despediu-se de todos. Do pai, da mulher, dos filhos e dos escravos que libertara. Nunca se viu desespero maior. Todos queriam acompanhá-lo mas, aos poucos, entre muitas lágrimas, o mercador conseguiu sair, dizendo ser essa a vontade de Alá, e morrer, o destino do homem.

"Voltou ao mesmo lugar onde prometera ao gênio ser encontrado nesse dia. Sentou-se junto à fonte e ficou esperando, com a tristeza que se pode imaginar.

"Inquieto, também pela crueldade dessa espera, viu aproximar-se um velhinho conduzindo uma corça. Saudaram-se, e o velho quis saber o que o mercador fazia ali, só, num lugar tão deserto, povoado por espíritos malignos.

– Quando se vê esta fonte e estas árvores tão bonitas – disse o velho –, logo se pensa em descansar, mas é perigoso ficar aqui por muito tempo.

"O mercador respondeu ao velho contando sua triste aventura e o que ali estava esperando.

– Mas é assombroso que você tenha voltado para cumprir um juramento desses.

– Alá foi testemunha do que prometi.

"O velho sentou-se perto do mercador e se dispôs a assistir o que se passaria entre ele e o gênio."

– Mas... veja, está amanhecendo – disse Sherazade. – E ainda falta a melhor parte do conto.

O sultão, que desejava ouvir o resto da história, deixou Sherazade viver mais outro dia.

Capítulo V

Era uma vez a corça

Antes do amanhecer, Dinazarde pediu à irmã que contasse alguma outra história, de preferência de encantamentos. Porém, o sultão queria saber o que acontecera ao mercador que esperava o gênio. Sherazade resolveu satisfazer os dois, contando primeiro a história do velho que levava a corça.

"O velho ficou conversando com o mercador, até que um outro velhinho apareceu, este com dois cães pretos. Ao saber que esperavam o gênio e que o mercador estava condenado, resolveu ficar também, solidário com os dois.

"De repente, avistaram no campo um vapor espesso, como um turbilhão de poeira levantado pelo vento. Esse vapor se aproximou e transformou-se no gênio, que imediatamente tomou o mercador pelo braço, ameaçando-o:

– Agora você vai morrer, como matou meu filho.

"Espantados, o mercador e os dois velhos começaram a chorar. Mas o velho que conduzia a corça logo fez uma proposta ao gênio:

– Suplico que retenha a sua cólera e me ouça. Vou contar minha história e a desta corça. Se a achar mais assombrosa do que a deste mercador que voltou para morrer, peço que perdoe um terço de seu crime.

"O gênio levou algum tempo para responder, mas concordou com o pedido. O velho, mostrando a corça, explicou:

"Este animal já foi uma mulher. Era minha prima que, ao completar doze anos, se tornou minha esposa. Vivemos trinta

anos juntos, sem filhos. Apesar de sua esterilidade, eu a tratava com muita complacência e amizade. De uma escrava, eu tinha um filho, que me dava grande alegria. Sabia que dele poderia esperar muito. Mas minha mulher vivia me atormentando, com ciúmes da escrava e do menino. Ele teria uns dez anos quando precisei me ausentar, partindo para longa viagem. Aproveitando-se disso, minha mulher passou a dedicar-se à magia e, quando adquiriu bastante prática, executou um plano diabólico. Levou meu filho para um local afastado e transformou-o num bezerro, entregando-o a meu Vaqueiro. Mentiu que comprara o animal. E não se limitou a isso: transformou também a escrava em vaca, pedindo que a soltassem num campo distante.

"Quando voltei, perguntando pelos dois, disse-me que a escrava morrera e que o menino estava desaparecido há dois meses. Causou-me pena a morte da escrava e ordenei que procurassem o menino por toda parte. Oito meses depois, ainda sem notícias, vi aproximar-se a grande festa religiosa muçulmana do Bairam. Para celebrá-la, pedi ao vaqueiro que trouxesse uma das melhores vacas. Trouxe a mais bonita. Mas, no instante em que ia sacrificá-la, ouvi seus mugidos tristes e percebi que lágrimas escorriam de seus olhos. Isso me pareceu tão extraordinário que, embora minha mulher insistisse, não tive coragem de matar a vaca. Mandei que o vaqueiro mesmo a sacrificasse. Soube depois que, apesar de parecer tão gorda e saudável, a vaca só possuía ossos. Ordenei ao vaqueiro que ficasse com tudo, ou desse a quem achasse melhor: ossos, carne, o que fosse. Mais tarde, pedi que trouxesse então um vitelo para a festa. Mas assim que me viu, o animal se aproximou chorando e se deitou a meus pés, como se implorasse para continuar a viver. Impressionado, pedi ao vaqueiro que o levasse de volta e cuidasse muito bem dele.

"Minha mulher se indignou e tanto fez que fui obrigado a pegar a faca, e...

Sherazade parou nessa passagem, percebendo já ser dia. Curioso para saber o que fizeram do bezerro encantado, Shariar permitiu que Sherazade vivesse ainda para terminar a história.

Impossível descrever a satisfação do grão-vizir por ver que o sultão não ordenara a morte de sua filha. Toda a corte, surpresa, acompanhava o que acontecia no reino, sem conseguir entender a mudança de Shariar.

Capítulo VI
O vitelo encantado

Na noite seguinte o sultão e Dinazarde pediram a Sherazade que continuasse a história do vitelo encantado.

– O pai teve coragem de matá-lo? – perguntou Shariar.

Sherazade prosseguiu:

"O animal olhou para o pai com os olhos cheios de lágrimas e com uma ternura tão grande e triste, que o homem deixou cair o cutelo e disse que mataria outro vitelo qualquer, menos esse.

No dia seguinte, depois da festa de *Bairam,* o vaqueiro apareceu dizendo que sua filha possuía algum conhecimento de magia e que na véspera, vendo o vitelo voltar, ela mostrara alguma alegria, tendo chorado depois.

– Meu pai – dissera –, esse vitelo é o filho de nosso amo. Gostei de vê-lo voltar, mas meu coração doeu muito pensando no sacrifício de sua mãe, que morreu. As duas metamorfoses foram provocadas pela mulher de nosso patrão. Ela transformou a escrava em vaca, e o filho, nesse vitelo. Mas posso restituir a antiga forma ao rapaz.

"Correu o vaqueiro então a dar a notícia ao patrão que prometeu, em troca, inúmeros bens à filha dele. Mas ela desejava apenas a promessa de que o rapaz se tornasse seu marido. O pai concordou com a proposta, mas, por sua vez, teve um pedido a fazer:

– Meu filho se casará com você, mas quero me vingar de quem foi capaz de tão grande maldade.

"A menina pegou um vaso cheio de água, pronunciou sobre ele estranhas palavras e ordenou ao vitelo que voltasse à antiga forma. A seguir, derramou a água sobre ele, que logo se transformou no rapaz que fora antes do encantamento.

– Meu filho! – o pai o abraçou pleno de felicidade. Mas, lembrando-se do cutelo que chegara a erguer e da escrava morta, pediu que a jovem transformasse também sua mulher em um animal, contanto que não fosse repelente, pois teria de viver por perto da família. Assim surgiu a corça, que passou a acompanhá-lo.

"Terminando sua história, o velho perguntou ao gênio se de fato não a achava assombrosa. O gênio concordou e concedeu ao mercador um terço do perdão.

"O segundo velho, que conduzia os dois cães pretos, também afirmou que sua história era espantosa. E fez ao gênio sua proposta: depois de contá-la, se ele fosse da mesma opinião, queria para o mercador outro perdão, o de mais um terço da pena.

– Sim – respondeu o gênio –, desde que sua história seja melhor do que esta.

"Ao ouvir a resposta, o segundo velho começou a falar."

Mas, com a claridade do dia, Sherazade silenciou.

– Que incríveis aventuras você sabe, minha irmã. Essa história do velho dos cães pretos... – disse Dinazarde.

– Se o sultão, nosso amo e senhor, permitir, a contarei amanhã, antes do amanhecer – sugeriu Sherazade.

O sultão ordenou que assim fosse, fez suas orações e foi para o Conselho, sem dar ordem alguma contra a vida de sua linda e inteligente mulher.

Capítulo VII

O velho dos cães pretos

Na madrugada seguinte, antes de Dinazarde acordar, o próprio Shariar pediu à Sherazade que narrasse a história do velho dos dois cães pretos. Ela então repetiu o que ele dissera ao gênio:

"Assim começou:

"Grande príncipe dos gênios, somos três irmãos, eu e estes dois cães pretos. Depois da morte de nosso pai, ficamos, cada um, com mil sequins. Com esse capital, nos tornamos mercadores. Pouco tempo depois de abrirmos uma loja, um destes cães, meu irmão, resolveu viajar para fazer negócios em países estrangeiros. Vendeu tudo o que tinha e comprou tecidos para o comércio que pretendia praticar.

"Partiu e ficou ausente um ano. Voltou pobre, parecendo um mendigo. Não o reconheci logo. Depois, abraçando-o com muita pena, pedi que entrasse em minha casa e soube então das desgraças que o deixaram nesse estado. Dei-lhe as melhores roupas e, examinando à noite meus livros de compra

e venda, vi que poderia ajudá-lo. Coloquei em suas mãos mil sequins para que recomeçasse a trabalhar. Aceitou-os com alegria e restabeleceu seus negócios.

"Algum tempo depois, meu segundo irmão, que é o outro destes cães, também quis vender seus bens para viajar. Fizemos tudo para afastá-lo dessa ideia, mas foi inútil. Juntou-se a uma caravana e foi embora. Passado um ano, ele voltou, pobre como voltara o irmão. Dei-lhe roupas e mil sequins. Tornou a montar uma loja e continuou a exercer sua profissão.

"Um dia, os dois vieram a mim, propor que viajássemos juntos. Rejeitei logo a ideia, mas eles continuaram a insistir. E tantas vezes insistiram, durante cinco anos, que acabei finalmente concordando. Mas, na hora de comprarmos os tecidos para levar, eu soube que nada mais restava do que dera aos dois. Estavam pobres outra vez. Tive que dar mais mil sequins a cada um para se prepararem. Antes de partir, enterrei três mil moedas num canto de minha casa, prevenindo-me para o futuro. Fretei um navio e lá fomos ao mar, com vento favorável. Depois de um mês de navegação, desembarcamos num porto, onde vendi tão bem meus tecidos que com o lucro comprei muitos outros para negociar em diferentes países.

"Quando estávamos prontos para voltar, encontrei perto do nosso navio uma mulher de grande beleza, mas pobremente vestida. Chegou-se, beijou-me a mão e pediu que a tomasse por esposa e a deixasse embarcar comigo. Coloquei a princípio dificuldades no que pedia, mas ela falou coisas tão envolventes e fez tantas promessas amorosas, que me venceu. Mandei fazer ricos vestidos para orná-la, e nos casamos. Ela embarcou conosco. Durante a viagem esforçou-se tanto para agradar-me, que a fui querendo cada vez mais.

"Meus irmãos, que não lucraram em seus negócios tanto quanto eu, mostravam-se invejosos. Chegaram a conspirar contra minha vida. Uma noite, enquanto minha

mulher e eu dormíamos, nos atiraram ao mar. Minha mulher, como era uma linda maga, não se afogou, e conseguiu também salvar-me, levando-me a uma ilha, onde me disse com o maior carinho:

– Sinto-me feliz em poder salvá-lo. Pressenti o que fariam, por isso fui ao porto e pedi para embarcar. Senti logo grande inclinação por você. Apareci disfarçada numa pobre mulher para testar sua bondade. E não me arrependo. Acho indigno o que seus irmãos fizeram: nunca vi tamanha ingratidão. Se quiser, poderei com rapidez tirar suas vidas.

"Contei o que fizera por eles, e ela achou maior ainda a injustiça com que me trataram. Mas pedi a ela que não os matasse. Meu coração era de pagar o mal com o bem. Desejava apenas que seus poderes nos levassem de volta ao meu lar.

"Mal acabei de falar e me vi no terraço de casa, perto do local onde enterrara os três mil sequins. Mas a maga, minha mulher, desaparecera. No dia seguinte, reabri a loja, os vizinhos me saudaram, e à noite encontrei estes dois cães pretos à minha espera, quietos, com ar humilde. A fada então reapareceu, explicando:

– Meu querido marido, estes dois cães são os seus irmãos. O navio onde estavam afundou. Eles estão condenados a ficar dez anos sob essa forma, até me encontrarem outra vez. Quanto ao seu futuro, não se preocupe: você vai recuperar seus bens.

"Depois, sem dizer nada, nem indicar onde a poderia achar, a maga desapareceu novamente.

"Agora, dez anos depois, ando procurando-a. Ao passar por aqui, vi este mercador e o bom velho com a corça. Parei, então, para falar com eles e perguntar da maga. Esta é a minha história, príncipe dos gênios. Não é extraordinária?"

"O gênio concordou, e o segundo terço do crime do mercador foi perdoado. Outro velho se aproximou dos que ali estavam e contou novas aventuras que, afinal, libertaram completamente o mercador, que voltou feliz para sua família."

– Mas, se essas histórias agradaram à minha irmã e ao meu senhor – disse Sherazade, – mais ainda gostarão das aventuras de Simbad, o Marujo, que se mais tempo de vida eu tiver, poderei contar.

Após as orações, Shariar saiu para o Conselho, sem dar ordens ao grão-vizir, pois estava curioso para voltar e ouvir a narrativa de Sherazade.

Capítulo VIII

De Simbad, o Marujo

"No reino do califa Harum Al Rachid, havia um pobre rapaz que se chamava Himbad. Certo dia – fazia um calor excessivo –, Himbad foi encarregado de levar uma carga muito pesada de um extremo a outro da cidade de Bagdá. Sentindo-se cansado e sabendo que ainda restava muito a percorrer, parou para descansar e tomar novas forças, numa rua que acabara de ser regada com um líquido perfumado. Colocou a carga no chão e sentou-se perto de um grande palácio.

"O local era tão agradável que Himbad deu parabéns a si mesmo por ter parado ali. Até o ar parecia mais leve, e um suave odor de rosas se levantava do chão. Ouviu também um concerto de diversos instrumentos, acompanhado pelo canto harmonioso dos rouxinóis e de outros pássaros que apreciavam o clima de Bagdá. Essa graciosa melodia fez com que o rapaz imaginasse haver alguma festa no palácio. Para saber quem morava ali, perguntou a alguns criados, magnificamente vestidos, que encontrou perto de uma das portas, como se chamava o dono do palácio. Um deles respondeu:

– Todos os que vivem em Bagdá sabem que esta é a morada de Simbad, o Marujo, um famoso viajante que percorreu todos os mares que o sol ilumina.

"O rapaz, que já ouvira falar nas riquezas de Simbad, não pôde deixar de ter inveja de um homem que deveria ser tão feliz, quando sua condição, de pobre carregador, era tão deplorável.

"Amargurado com suas reflexões, levantou os olhos para o céu e exclamou bem alto:

– Poderoso Criador de todas as coisas! Veja que diferença existe entre Simbad e eu. Aturo todos os dias mil fadigas e males, nem sei como me sustento. Mantenho minha família só com pão de cevada, enquanto Simbad gasta com profusão enormes fortunas e leva uma vida cheia de delícias. Que fez ele para alcançar do Senhor um destino tão agradável? E que fiz eu para merecer este castigo?

"Acabando de proferir essas palavras, e ainda possuído de aflição e desespero, viu um criado sair do palácio e se aproximar, convidando-o a entrar.

– Siga-me, por favor. O senhor Simbad, meu amo, deseja conhecê-lo.

Nesse momento, o dia clareava o quarto, impedindo Sherazade de continuar, mas na madrugada seguinte o sultão quis saber como tinha sido a visita de Himbad ao palácio. E ela continuou:

"Vossa Majestade pode imaginar a perturbação do rapaz ao ouvir aquele convite. Com medo de ter sido escutado por alguém ao gritar aquelas frases, podendo vir a ser maltratado, Himbad desculpou-se, dizendo não poder sair de perto da carga que levava. Mas o criado chamou um outro para tomar conta dos pacotes e, pegando-o pelo braço, conduziu-o para dentro.

"Viu-se numa grande sala, onde muitas pessoas se sentavam ao redor de uma mesa coberta de pratos finos e atraentes. No lugar de honra, um homem grave, de longa barba branca. Atrás dele, verdadeira multidão de criados apressava-se a servi-lo. Esse homem era Simbad, o marujo.

"O rapaz ficou ainda mais nervoso diante de tanta gente e de um banquete tão magnífico. Tremendo, fez uma saudação. Simbad pediu que se aproximasse. Indicou um lugar à sua direita e mandou que enchessem seu copo com excelente vinho.

"No fim da refeição, Simbad tomou a palavra e, dirigindo-se a Himbad, a quem chamou de irmão segundo o costume dos árabes, quando se tratam com intimidade, perguntou seu nome e sua profissão.

– Sua presença nos dá muito prazer. Mas gostaria de ouvir de seus próprios lábios, em minha presença, o que disse há pouco na rua.

"Antes do banquete, Simbad ouvira, por uma das janelas, as lamentações de Himbad. Por isso o mandara chamar.

"Muito constrangido, o rapaz abaixou a cabeça e respondeu:

– Senhor, confesso que o cansaço me deixou de mau humor. Escaparam-me algumas palavras indiscretas. Suplico que me perdoe.

– Ora, não se preocupe com isso – respondeu Simbad. – Não guardo nenhum ressentimento. Apenas quero esclarecer seu engano: não foi sem custo e sem trabalho que adquiri o que tenho. Não cheguei a este ponto sem antes ter padecido tudo o que possa imaginar.

"Dirigindo-se a todos os convidados, Simbad continuou seu discurso:

– Passei por aventuras tão extraordinárias que fariam desistir de cruzar os mares mesmo os homens mais ávidos de descobertas e tesouros. Decerto ouviram falar vagamente dos perigos que corri nas viagens que fiz. Mas contarei alguns. Não há melhor ocasião. Não se arrependerão de escutar o que passei em uma ou outra viagem...

"Antes de iniciar a narrativa, Simbad ordenou que levassem a carga de Himbad ao endereço indicado por ele. Depois, começou a falar:

"Herdei de minha família bens consideráveis e dissipei grande parte deles na juventude. Corrigi-me, porém, a tempo. Percebi que a mais deplorável de todas as misérias era a pobreza na velhice. Ouvira algumas vezes meu pai dizer: "É melhor estar na sepultura do que na pobreza." Sensível a estas reflexões, juntei o que restava de meu patrimônio, vendi a mobília que tinha e meti-me com alguns mercadores que negociavam no mar. Fui a Bassora, um porto do golfo Pérsico, onde embarquei num navio aparelhado por mim e por alguns companheiros.

"Tomamos o rumo das Índias Orientais, seguindo sempre pelo golfo Pérsico. Além desse golfo, há o mar do Levante, o mesmo que banha as Índias. De um lado, ficam as costas da Abissínia, estendendo-se por quatro mil e quinhentas léguas, até as ilhas de Valvak. No início, fui incomodado pelo que chamam de enjoo, mas logo voltei a me sentir bem e nunca mais estive sujeito a essa doença de bordo.

"Aportamos em muitas ilhas, vendemos e trocamos mercadorias. Um dia, uma calmaria nos deteve diante de uma ilhota toda verde, que parecia um bosque. Desembarquei com outros homens e nos divertíamos bebendo, comendo e descan-

sando das fadigas do mar, quando a ilha de repente tremeu, dando-nos uma forte sacudidela."

Com estas palavras, Sherazade parou porque o dia raiava. Na noite seguinte, continuou a história de Simbad, o Marujo.

Capítulo IX
Simbad e o cavalo do mar

"Também os que estavam no navio observaram o tremor da ilha e gritaram, pedindo que embarcássemos a toda pressa. Diziam que aquilo que tomávamos por ilha era o espinhaço de uma baleia.

"Os mais espertos salvaram-se, indo para as canoas e remando para o navio. Outros fugiram nadando. Eu ainda estava na ilha – continuou Simbad –, quando a baleia (que era a ilha) mergulhou no mar. Só tive tempo de me agarrar a um tronco de madeira que viera do navio para fazermos fogo. O capitão, recolhendo os que chegavam, quis logo aproveitar o vento que começava a soprar, mandando que tocassem para a frente. Com isso, perdi a esperança de alcançar o navio.

"Fui levado pelas ondas, de um lado para outro. Durante o resto do dia e parte da noite, lutei contra o mar para sobreviver. Já não tinha forças e desesperava quando uma vaga mais violenta me jogou sobre uma ilha. A costa era alta e escarpada. Felizmente, segurando em raízes retorcidas, consegui subir e então me estendi, exausto, na terra, onde fiquei meio morto até amanhecer e aparecer o Sol.

"Embora estivesse fraquíssimo, pelo cansaço e pela fome, arrastei-me para comer algumas ervas e tive a felicidade de encontrar uma nascente de água fresca que ajudou a me reanimar. Recuperando as forças, internei-me na ilha, andando ao acaso. Encontrei uma bela planície e de longe avistei um cavalo que pastava. Aproximei-me, entre receoso e alegre, pois ignorava o que encontraria por ali, se a ruína ou a salvação. Chegando mais perto, vi que o animal, preso a uma estaca, era uma égua. Seu porte e sua beleza atraíram-me. Examinava-a com atenção, quando ouvi a voz de um homem que falava debaixo da terra.

"Depois de alguns instantes esse homem apareceu e perguntou quem eu era. Contei-lhe minha aventura. Tomando-me pela mão, levou-me a uma gruta onde havia outras pessoas, que ficaram tão abismadas com minha presença, quanto eu, com a delas.

"Comi o bom guisado que me ofereceram e depois perguntei o que faziam naquele lugar que me parecia tão deserto. Responderam que eram criados das cavalariças do sultão Mirago, soberano dessa ilha. Explicaram depois que todos os anos, na mesma época, costumavam trazer para ali as éguas do sultão, para que fossem cobertas por um cavalo marinho que saía do oceano. Disseram também que o cavalo marinho, depois de cobrir as éguas, desejava devorá-las, o que eles impediam com gritos, obrigando-o a voltar para o mar e desaparecer. Reconduziam então as éguas prenhes às cavalariças e os cavalos que delas nasciam eram reservados apenas para o sultão. Acrescentaram ainda que partiriam no dia seguinte e que se eu tivesse chegado à ilha um dia antes, teria morrido, pois as habitações ficavam distante e nunca as encontraria sem um guia.

"Enquanto conversávamos, saiu o cavalo do mar. Lançou-se à égua, cobriu-a e depois quis devorá-la, sendo impedido

pela algazarra dos moços. Largou-a então, desaparecendo nas águas mais profundas.

"No dia seguinte, fomos todos para a capital, levando as éguas. O sultão Mirago, a quem fui apresentado, perguntou quem eu era e o que achava de seus domínios. Ouvindo minha história, sentiu pena de meu destino, pedindo que me cercassem de cuidados, dando-me tudo o que fosse necessário. A ordem foi cumprida com generosidade e exatidão.

"Como mercador, eu fazia amizades com pessoas da minha profissão. Aproximava-me principalmente dos estrangeiros, para saber notícias de Bagdá e verificar com quem poderia voltar.

"A cidade do sultão Mirago ficava à beira-mar, num belo porto onde chegavam e de onde saíam todos os dias navios de diversas partes do mundo.

"Eu procurava também a companhia dos sábios hindus, e os ouvia com toda a atenção. Isso tudo não me impedia de visitar o sultão com regularidade e de conviver com os governadores e seus séquitos. Todos mostravam grande curiosidade. Faziam mil perguntas sobre meu país, seus costumes e suas leis.

"Visitei nessa ocasião uma ilha próxima, chamada Cassei, onde todas as noites ouvia-se o som de tímbalos. Os marinheiros diziam que ali residia algum gênio. Durante a viagem vi peixes enormes, de vários metros, que davam medo mas não eram perigosos. Tímidos, eles fugiam ao menor ruído.

"Na volta, estive um dia observando o movimento do porto. Vi quando chegou um navio que me interessou em particular. Assim que ancorou, começou a descarregar tecidos que os mercadores transportavam para os armazéns. Olhando bem os fardos, reconheci a mercadoria que eu mandara carregar em Bassora. Reconheci também o capitão do navio. Certo de minha morte, ele não prestou atenção a meu rosto quando

perguntei de onde vinha e a quem pertenciam os fardos que descarregava.

– Eram de um mercador de Bagdá – disse ele –, que se chamava Simbad. Estando certo dia perto de uma ilha, Simbad desceu com alguns companheiros para descansar, mas a ilha não era senão uma enorme baleia que adormecera sobre as águas. Quando se sentiu aquecido pelo fogo que acenderam para o almoço, o animal moveu-se no mar. E lá se foi. Então muitos marinheiros, como o pobre Simbad, morreram afogados. Resolvi negociar seus fardos até encontrar alguém da família a quem possa entregar o lucro conseguido.

– Mas, capitão –, respondi –, eu sou esse Simbad que todos julgam morto. Esses fardos são tudo o que tenho."

E Sherazade não disse mais nada: já era dia. Mas continuou, na outra madrugada.

Capítulo X

A ilha de diamantes

Curioso para saber a reação do capitão diante de Simbad, logo ao anoitecer o sultão pediu que Sherazade continuasse a história.

"Ao ouvir aquela revelação, o capitão do navio exclamou:

– Meu Deus, não se pode confiar em ninguém mais. Eu vi Simbad morrer com meus próprios olhos e os outros passageiros também viram. Como pode ter a coragem de dizer o contrário? Que ousadia! Logo o senhor, que parece um homem sério. Mente para se apoderar de bens que não são seus?

"Pedi, insisti que me ouvisse e afinal consegui sua paciência. Contei então de que modo me salvara e falei da sorte de ter encontrado os moços das cavalariças do sultão Mirago.

"O capitão sentiu-se abalado com minhas palavras e percebeu que eu não o enganava, pois várias pessoas que desciam do navio me reconheceram. Abraçando-me, finalmente, o capitão agradeceu a Alá aquele verdadeiro milagre e disse:

– Aí está sua mercadoria. Faça dela o que achar melhor.

"Agradeci sua seriedade e, para retribuí-la, pedi que aceitasse alguns tecidos mas ele não quis.

"Escolhi então o que havia de mais precioso em meus fardos e dei presentes a ele e ao sultão Mirago, que os retribuíram com outros de valor incalculável. Despedi-me e embarquei no mesmo navio, não sem antes trocar, em bons negócios, algumas mercadorias. Levei comigo sândalo, cânfora, noz-moscada, cravo, pimenta e gengibre. Passamos por várias ilhas e aportamos finalmente em Bassora, onde cheguei com cem mil sequins.

"Fui recebido por minha família com carinho e muita emoção. Comprei escravos, boas terras e construí uma grande casa. Estava disposto a esquecer aventuras e perigos e a me estabelecer para gozar a vida."

"Suspendendo a narrativa nesta passagem, Simbad ordenou que os músicos voltassem a tocar. Novamente os criados serviram bebidas e Simbad passou a Himbad uma bolsa com cem sequins.

– Tome – disse ele. – Volte para casa e amanhã venha ouvir a continuação de minhas aventuras.

"O rapaz retirou-se muito confuso com a honra que tivera e repetiu para sua família a história de Simbad. A mulher e os filhos agradeceram a Alá o bem que a Divina Providência lhes enviara através do marujo.

"No dia seguinte Himbad preparou-se, desta vez limpo e bem vestido, e voltou à casa de Simbad, que o recebeu com amizade e bom humor. Foram todos os convidados para a mesa e após o banquete Simbad pediu silêncio e começou a contar outras de suas aventuras:

"Como já disse, depois de minha primeira viagem resolvi passar o resto de meus dias tranquilo em Bagdá. Mas após algum tempo já estava cansado daquela vida de ociosidade. Tive vontade de voltar ao mar, de negociar em outros países. Resolvi partir novamente com alguns companheiros.

"Depois de nos encomendarmos a Alá, iniciamos nossa navegação. Fomos de ilha em ilha, trocando mercadorias com bons lucros. Um dia desembarcamos numa das mais belas ilhas que já tive a oportunidade de ver. Era deserta, sem nenhuma habitação, mas cheia de árvores frutíferas, rios e prados muito verdes com agradáveis sombras.

"Enquanto uns colhiam flores, outros frutos, sentei-me perto de um regato. Comi as provisões que levara e tomei vinho, o que me deu sono. Adormeci à sombra de uma grande árvore e não sei se dormi muito tempo. Quando acordei, não vi mais o navio ancorado. Olhei para todos os lados e chamei os outros mercadores. Nada. Avistei apenas, ao longe, as velas do navio que se afastava.

"Vocês não podem imaginar minha aflição. Gritei, chamei, corri por todos os lados da ilha procurando alguém. Perguntei mil vezes a mim mesmo por que não aprendera a lição da primeira viagem. Mas eram inúteis as lamentações. Resignei-me à vontade de Alá e, sem saber o que seria de mim, subi ao alto de uma árvore, de onde olhei para ver se descobria alguma coisa que pudesse me dar qualquer esperança. Só vi mar e céu. Quando olhei para o lado da terra, dei com um enorme volume esbranquiçado. Desci depressa da árvore e, com os mantimentos que restavam, caminhei em direção àquela brancura. Estava tão afastada que a princípio não consegui descobrir o que era. Mais perto, notei ter a forma de

uma bola branca, de altura e espessura exageradas. Apalpei: o que quer que fosse, era muito liso. Andei em torno para descobrir alguma abertura, mas nada encontrei.

"Entardecia. Tudo escureceu de repente como se o mundo ficasse coberto por uma nuvem muito espessa. Se fiquei espantado com a repentina escuridão, fiquei mais ainda quando percebi que a causa era um pássaro de tamanho extraordinário que voava em minha direção. Lembrei-me de um pássaro que os marinheiros chamavam rochedo *e concluí logo que seria esse. Entendi também que a imensa bola branca só poderia ser um ovo daquele pássaro. De fato, ele se aproximou, pousando sobre o ovo, como para chocá-lo. Eu estava tão perto dele que via a meu lado um de seus pés. A perna do pássaro era grossa como um galho de árvore.*

"Tirando o turbante de minha cabeça, com ele me prendi fortemente ao rochedo. *No dia seguinte, quando levantasse voo, ele me levaria da ilha para algum outro lugar.*

"Realmente, logo ao amanhecer, o rochedo *se elevou tão alto que eu já não via a terra. Quando desceu, desamarrei-me depressa e o vi imediatamente levantar voo de novo, levando no bico uma grande serpente.*

"O lugar onde me deixou era um vale profundo, cercado por montanhas tão altas que se perdiam nas nuvens. Eram tão escarpadas que não havia por onde se pudesse subir. Percebi que essa ilha era tão deserta quanto a outra. Portanto, eu nada ganhara na troca.

"Andando pelo vale, observei que estava coberto de diamantes, alguns de tamanho impressionante. Mas também vi serpentes enormes, capazes de engolir um elefante. Durante o dia, recolhiam-se a seus covis com medo do rochedo, *seu inimigo, saindo só ao anoitecer.*

"Passei o dia percorrendo o vale. À noite me recolhi a uma gruta e coloquei pesada pedra na entrada para me sentir

seguro. Na escuridão, ouvia fora a bulha das serpentes, e seus horríveis silvos. Não consegui dormir. Ao amanhecer saí tão cansado que andei por entre os diamantes sem nenhum ânimo, nem mesmo para apanhá-los. Comi alguma coisa das minhas provisões e acabei adormecendo. Mas pouco depois, um ruído me acordou. Vi que um pedaço de carne fresca caíra a meu lado. E a seguir muitos outros pedaços de carne foram caindo, atirados do alto das pedras.

"Eu já conhecia a história do vale dos diamantes. Contavam que mercadores, na ocasião em que as águias chocam os filhotes, atiravam pedaços de carne para ficarem presos nas pontas dos diamantes, que não podiam alcançar. As águias pegavam a carne levando-a para seus ninhos; então os mercadores corriam até lá, afastavam as aves e recolhiam os diamantes grudados nos pedaços de carne. Sabendo de tudo isso, concluí, com espanto, estar nesse vale. Conhecendo fama do lugar, preparei-me para morrer, pois dali seria difícil sair com vida, a menos que imaginasse um bom meio para me salvar."

O dia apareceu nesse momento, impondo silêncio a Sherazade. Na noite seguinte, ela continuou a mesma história.

Capítulo XI

Simbad e os elefantes

"Comecei a juntar os maiores diamantes que encontrava e com eles enchi o saco de couro que servira para guardar meus alimentos. Depois peguei a mais longa peça de carne

que achei, e a amarrei em torno de mim com o pano do turbante. Aí fiquei deitado, segurando com força o saco de couro. Quieto, esperei.

"Não demorei muito: algumas águias logo me cercaram para tirar pequenos pedaços da carne. Uma das mais possantes fez o que eu desejava: empolgada com a carne amarrada em meu corpo, conduziu-me ao alto de uma montanha, onde estava seu ninho. Os mercadores gritavam para espantar as aves, mas quando um deles me viu, quase morreu de susto. Logo se refez e tentou tomar os diamantes que eu encontrara. Aos poucos, consegui acalmá-lo.

– Tenho diamantes para você e para todos os seus companheiros. Eu mesmo os escolhi no fundo do vale.

"Dizendo isso, mostrei o saco de couro. Aproximaram-se para olhar e ficaram admirados com minha história. Levaram-me então a seu alojamento. O tamanho de meus diamantes os assombrou. Confessaram jamais ter visto, em nenhuma corte, nada parecido com aquela riqueza. Roguei que escolhessem alguns, e ficaram felizes porque assim poderiam se estabelecer e deixar de viajar.

"Passei a noite nesse alojamento, aliviado por estar livre de tantos perigos. Há dias os mercadores lançavam pedaços de carne ao vale para, através das águias, pegarem os diamantes. Estavam portanto cansados, querendo voltar para casa. Andamos, juntos, trilhando diversos montes e caminhos, entre serpentes de comprimento prodigioso, que tivemos a felicidade de evitar.

"Chegamos ao primeiro porto e daí passamos à ilha de Roa, lá encontrando a árvore que produz o alcanfor, ou cânfora, tão copada que cem homens podem descansar à sua sombra. Esse produto é conseguido fazendo-se um corte no alto da árvore; a resina escorre pelo tronco e é recolhida num vaso, onde toma consistência. Porém, depois que se corta a árvore e se retira o líquido, a árvore seca e morre.

"Na ilha de Roa há também rinocerontes, animais menores do que o elefante, mas maiores do que o búfalo, que têm um corno sobre o nariz. Eles costumam guerrear com os elefantes, ferindo-os por baixo da ventre com esse chifre. São capazes de levantar o elefante, levando-o sobre a cabeça. Mas não vão muito longe, pois o sangue e a gordura do elefante escorrem sobre seus olhos, fazendo os rinocerontes caírem, sem enxergar. E o mais incrível é que nessa hora o grande pássaro, o rochedo, *os agarra, assim cegos, desprevenidos, levando-os para alimentar os filhotes. Eles gostam muito de carne de rinoceronte.*

"Poderia contar mais a respeito dessa ilha, mas não quero me tornar aborrecido. Troquei alguns de meus diamantes por bons tecidos. E, depois de ter visitado diversas cidades, aportei em Bassora, de onde voltei a Bagdá. Ali dei generosas esmolas aos pobres e aproveitei honradamente as imensas riquezas que trouxera depois de passar por tantos perigos."

"Assim foi que Simbad contou estas aventuras. Mandou depois dar mais cem sequins a Himbad e convidou-o a voltar para ouvir outras histórias. No dia seguinte ali estavam de novo os mesmos convidados em torno da mesa, inclusive Himbad, já esquecido de sua miséria passada.

"Simbad, o Marujo, reservara para aquela noite a narrativa de outras de suas fantásticas experiências. Depois do banquete, falou:

"Não fiquei muito tempo em casa, como esperava. Tive de partir logo depois acompanhando valiosos fardos de tecidos. Com três ou quatro dias de navegação, nosso navio foi atacado por corsários que não tiveram dificuldade em se apoderar da embarcação. Alguns tripulantes quiseram resistir e foram mortos. Eu e outros, mais prudentes, passamos a ser escravos dos piratas. Exigiram nossas roupas, dando-nos em troca vestimentas ridículas, levando-nos depois para uma

grande ilha muito afastada onde nos venderam. Caí nas mãos de um rico mercador que me levou para sua casa, onde ordenou que me dessem roupa e comida. Passados alguns dias, não sabendo quem eu era, perguntou se sabia algum ofício. Respondi, sem me identificar, que não era senão um mercador, que tinha sido roubado pelos corsários.

– Você sabe atirar com o arco?

"Contei que na juventude esse fora um de meus exercícios preferidos. Deu-me então arco e flechas. Montamos um elefante e fomos para um campo afastado, viajando muitas horas. Cada vez nos internávamos mais fundo na floresta. A certa altura o mercador resolveu parar e mandou-me descer. Vi então uma grande árvore diante de nós. Ele explicou:

– Suba a esta árvore e atire sobre os elefantes que passarem. Há por aqui grande quantidade deles. Se conseguir abater algum, avise-me.

"Depois de dizer isso, deixou-me algumas provisões e voltou para a cidade. Passei toda a noite sobre a árvore, à espera dos elefantes.

"Ao amanhecer do dia seguinte, alguns apareceram. Atirei diversas flechas e um deles caiu. Os outros foram embora. Assim que desapareceram, desci da árvore e fui dar a notícia da caçada a meu amo. Ele mostrou-se alegre e grato. Elogiou-me muito e mandou que me servissem boas comidas e vinhos. Voltamos depois ao local onde estava o elefante: examinou-o com todo o cuidado e juntos abrimos uma cova para enterrá-lo. Mais tarde, quando o animal estivesse decomposto, meu amo mandaria que retirassem os dentes para negociá-los.

"Continuei nessa vida por dois meses. E eu não passava um dia sem matar um elefante. Nunca os esperava na mesma árvore. Variava bastante. Certa manhã, estava já em meu posto, quando percebi um movimento diferente. Assustado, vi

que os elefantes não passavam como de costume, mas paravam e vinham em minha direção com um horrível grito e em tão grande número que a terra tremia debaixo de seus pés. Cercaram a árvore onde eu estava e estenderam as trombas, com os olhos fixos em mim. Fiquei imóvel e com tanto medo que o arco e a flecha caíram de minhas mãos.

"Não estava inquieto sem razão: depois de ficarem ali, me encarando, um dos elefantes maiores abraçou a árvore com a tromba e fez um esforço tão possante que a arrancou, derrubando-a. Caí junto com ela e outro dos animais pegou-me com a tromba e colocou-me nas costas, onde me sentei mais morto do que vivo. O elefante então foi andando, seguido por todos os outros. Chegando a um determinado local, deixou-me no chão e se retirou, com todos os que o acompanhavam.

"Vocês não podem imaginar em que estado eu me achava. Depois de ficar algum tempo estendido no mesmo lugar, não vendo mais elefante algum, levantei-me e vi que me encontrava numa elevação plana e alta, inteiramente coberta de ossadas e dentes de elefantes.

"Pensei muito na atitude daqueles animais e admirei seu instinto. Eu estava em seu cemitério, cercado por dentes de marfim. Ora, se era essa a riqueza que eu desejava, o problema estava resolvido; podia parar de persegui-los.

"Caminhei para a cidade, andei um dia e uma noite e cheguei à casa de meu amo. Pelo caminho não encontrei elefante algum. Com certeza deixavam o espaço livre para eu poder ir dar a notícia.

"Ao me avistar, meu amo exclamou:

– Pobre Simbad, o que aconteceu? Fui até a floresta e só encontrei uma árvore caída. Mais adiante, seu arco e as flechas. Pensei no pior. Como conseguiu sobreviver?

"Narrei o que me acontecera e no outro dia voltamos ao

cemitério de elefantes. Ali, emocionado, ele viu como era verdade tudo o que contei. Carregou quantos dentes conseguiu levar e deu-me a liberdade. Contou-me, só então, que a cada ano mandara uma infinidade de escravos fazer naquele campo o mesmo serviço, mas que, cedo ou tarde, todos perderam a vida iludidos pelos estratagemas dos elefantes.

– Até hoje, só conseguimos algum marfim expondo a vida de nossos escravos. Agora, toda a cidade se enriquecerá com essa descoberta. Por isso, além da liberdade, quero dar bens consideráveis a você, que me proporcionou tanto.

"Respondi que a liberdade me bastava e, quanto à recompensa, não desejava mais do que voltar a meu país. Mas meu amo fretou um navio para me levar e o carregou de marfim. Todos os mercadores da cidade também ficaram ricos por irem se abastecer no cemitério de elefantes."

Acabando de dizer estas palavras, Sherazade viu raiar o dia e por isso parou de contar sua história. Na noite seguinte, Shariar, o sultão da índia, pediu que ela continuasse.

Capítulo XII

Vencendo os perigos

"Os navios, disse Simbad, chegaram por fim e aquele que o sultão me reservara recebeu várias cargas de marfim e abundância de provisões. Depois de agradecer o quanto pude por tudo isso, embarquei certo de preservar para sempre a liberdade. Aportamos em algumas ilhas mas

evitei me afastar do barco. Para maior segurança, fiz a viagem a Bassora por terra, pois conhecia os perigos do mar nesse trecho, e os inúmeros corsários que por ali farejavam a chegada de fardos valiosos. No percurso, vendi o marfim por considerável quantia de dinheiro; guardei a metade e com o resto comprei muitas coisas raras para dar de presente. Acabei por me juntar a uma caravana de mercadores, com os quais fiz uma longa viagem e sofri muito, mas com paciência, seguro de estar longe das horríveis serpentes e dos perigos que conhecera.

"Acabaram por fim as aventuras desse tipo. Cheguei finalmente a Bassora e me apresentei ao califa para relatar o que fizera. Disse ter se preocupado com minha demora, imaginando desgraças, mas sempre esperando que Alá não me abandonasse. Ouviu o episódio dos elefantes e nele só acreditou por confiar em minha sinceridade. Achou essa e as outras histórias tão curiosas que encarregou um dos escribas do reino de escrevê-las com letras de ouro para seu arquivo. Retirei-me satisfeito com a honra e com os presentes que me deu. Só então fui para junto de minha família, de meus parentes e amigos.

"Assim Simbad acabou a narração de suas viagens. E, concluindo, disse a Himbad:

– Pois então, meu amigo, ainda pensa que consegui o que tenho sem riscos e sem sofrimento? Não é justo que eu tenha hoje direito a uma vida agradável e sossegada?

"A essa pergunta, Himbad aproximou-se de Simbad e beijou-lhe a mão, concordando:

– Reconheço os perigos espantosos que enfrentou. Os bens que possui são merecidos, uma vez que os sabe aproveitar e é tão generoso. Desejo que continue assim, a viver bem até a hora da morte.

Simbad deu ainda ao novo amigo mais cem sequins, recebeu-o entre seus companheiros, convidou-o a continuar a fazer refeições em sua casa e ajudou-o a mudar de profissão. Para sempre o rapaz se lembraria de Simbad, o Marujo".

Como Sherazade viu que ainda levaria algum tempo para não amanhecer, começou a contar outra história.

Capítulo XIII
Uma estranha pescaria

"Senhor, disse Sherazade ao sultão, deve ter ouvido falar no califa Harum Al Rachid. Certa vez, esse califa ordenou ao seu grão-vizir, Giafar, que se encontrasse no palácio ao anoitecer, pois desejava fazer com ele uma ronda pela cidade para ver se os súditos estavam satisfeitos com os oficiais da polícia de seu reino.

– Se houver queixas de alguns, esses oficiais serão afastados e nomearei outros que cumpram melhor suas obrigações – disse Harum Al Rachid.

"À hora marcada, o califa saiu do palácio com o grão-vizir e Mesrur, o chefe dos eunucos, guardas do palácio. Os três foram disfarçados, para ninguém os reconhecer.

"Passaram por algumas praças e pelos bazares de vários mercadores. Entrando em uma viela, viram ao clarão da lua um homem alto, de barbas brancas, que carregava umas redes na cabeça e segurava uma cesta trançada com folhas de palmeira. Aproximando-se dele, o califa perguntou quem era e o que fazia por ali.

– Sou um pescador –, respondeu o velho –, o mais

pobre e miserável de minha profissão. Saí de casa ao meio-dia para pescar e até agora, veja esta cesta, não apanhei peixe algum. Estou muito preocupado porque tenho mulher e filhos para sustentar.

"Com pena, o califa quis saber se ele teria coragem de voltar e lançar outra vez as redes no caudaloso rio Tigre. Daria cem sequins se ele fizesse isso.

"Mal ouviu a proposta, o pescador esqueceu todo o inútil trabalho daquele dia, acreditou na palavra do califa e voltaram todos juntos ao rio.

"Novamente o pescador jogou as redes ao rio, mas ao puxá-las sentiu que pesavam bastante: traziam das águas um cofre bem fechado. O califa mandou que o grão-vizir contasse os cem sequins, pagou o velho e o despediu. O chefe dos eunucos carregou o cofre nos ombros e com a ânsia de abri-lo voltaram depressa ao palácio.

"Levantando a tampa do cofre, deram com uma cobertura de folhas, que logo afastaram. Por baixo havia outra de lã, costurada, que não tiveram paciência de desmanchar: rasgaram com uma faca. Horrorizados, viram o corpo de uma jovem, mais branco do que a neve, cortado em pedaços.

"O califa ficou muito abalado diante desse espetáculo. Os três esperavam achar um tesouro e agora estavam diante dessa crueldade. O príncipe olhou, furioso, para o grão-vizir:

– É assim que vocês vigiam o meu povo? Há um crime desses dentro da capital, o corpo de uma jovem é jogado ao Tigre e ninguém clama por vingança? Juro pelo santo nome de Alá que se você não me trouxer o responsável por essa atrocidade mandarei enforcá-lo com todos os seus quarenta parentes. E quero na minha frente o criminoso em três dias.

"Numa cidade tão vasta e tão povoada como Bagdá – pensou o vizir – como encontrarei o assassino da moça? A essa altura já deve ter fugido.

"Giafar poderia apresentar alguém, um preso qualquer tirado da cadeia, para contentar o califa, inventando ser esse o assassino. Mas não queria carregar essa maldade na consciência. Preferia morrer.

"Ordenou aos oficiais da polícia e da justiça que fizessem rigorosa diligência para apanhar o criminoso. Procuraram por toda a cidade, mas nada encontraram.

"Três dias depois, um funcionário do palácio chegou à casa do vizir, intimando-o a acompanhá-lo. Depois de confessar ao califa nada ter descoberto, foi decretado o seu enforcamento e o de seus quarenta parentes. O pregoeiro público (ou arauto), percorreu todos os bairros dando a notícia:

– Quem quiser ver o enforcamento do grão-vizir Giafar e dos seus quarenta parentes, venha hoje à praça em frente do palácio.

"Quando o grão-vizir e seus parentes já estavam cada um diante de sua forca, os carrascos começaram a erguer as cordas para levantá-los. O povo enchia a praça. Muitos choravam. O grão-vizir e seus parentes eram muito estimados por sua simpatia e honestidade, não só em Bagdá como em todo o império do califa.

"Os carrascos aguardavam a ordem de execução, quando um jovem bonito e bem vestido apareceu entre a multidão e foi beijar a mão do grão-vizir. Depois falou bem alto para que todos ouvissem:

– Estes inocentes não têm culpa. Quem deve pagar por aquela morte sou eu.

"Suspensa a execução do vizir e dos seus parentes, entre a alegria de todos, o rosto pálido do moço inspirava tristeza e pena. Foi então que um homem de idade avançada, abrindo caminho entre as pessoas, chegou ao vizir e confessou:

– Não dê crédito a esse jovem, senhor. Fui eu, juro que fui eu quem matou aquela moça e a atirou ao rio dentro da caixa.

"O rapaz negou, dizendo-se culpado. Novamente o velho afirmou ter cometido sozinho o crime, sem cúmplices. Diante disso, o grão-vizir desceu do patíbulo, levou os dois à presença do califa, com a permissão do juiz ali presente. Explicou o que acontecia, pedindo uma sentença justa. O califa ordenou que enforcassem os dois que se diziam criminosos.

– Mas, senhor – disse o vizir – só há um assassino. Não é justo o outro morrer também.

"O jovem, em nome de Alá, jurou ser o marido daquela mulher. E que a matara e jogara no rio há quatro dias. Dessa vez o mais velho não disse nada.

– E por que – perguntou o califa – você cometeu um crime desses?

– Se eu escrevesse o que se passou entre essa mulher e eu – respondeu o jovem –, a história seria útil a todos os homens.

"O califa ordenou então que a contasse, e o rapaz iniciou a narração.

Sherazade queria continuar, mas deixou a história para a noite seguinte.

Capítulo XIV
Paixão e ciúme

Shariar perguntou à sultana o que o jovem contara ao califa Harum Al Rachid.

Sherazade respondeu usando as palavras do rapaz:

"A senhora assassinada era minha mulher, e filha deste homem, que é meu tio paterno. Ela ainda não completara doze anos de idade quando nos casamos. Tivemos três filhos, que estão vivos e jamais nos deram uma razão de desgosto. Estávamos casados há onze anos e vivíamos muito bem; minha mulher só pensava em me agradar. Eu a amava e procurava sempre satisfazer os seus desejos.

"Há dois meses ela caiu doente. Tratei-a com o maior cuidado e nada poupei para vê-la melhor. Depois de um mês, sentiu-se com ânimo para dar um passeio. Antes de sair, pediu:

– Meu primo – chamava-me assim na intimidade –, há muito tempo ando com vontade de comer maçãs. Penso tanto nisso que parece até um aviso. Como se não comendo maçãs me acontecesse alguma desgraça.

"Prometi fazer o possível para conseguir as frutas. Procurei-as por todos os mercados, em toda parte, mas não encontrei uma sequer, nem pagando bem mais do que valiam.

"Minha mulher ficou triste por eu não encontrar as maçãs. No outro dia bem cedo percorri os pomares da cidade e achei um velho jardineiro que avisou:

– Por aqui não adianta procurar. O senhor só vai encontrar maçãs nos jardins do palácio imperial, em Bassora.

"Como já disse, eu amava apaixonadamente minha mulher. E, como ela andava doente, queria satisfazer todos os

seus caprichos. Vesti um traje de viajante, despedi-me da família e parti para Bassora. Fiz tudo com tamanha rapidez que estava de volta quinze dias depois, com três maçãs, que me custaram o absurdo de um sequim cada uma. Mesmo assim eu teria comprado mais, mas o jardineiro do palácio me disse serem as últimas.

"Logo que cheguei, apresentei-as com entusiasmo à minha mulher, mas seu desejo havia passado. Ela olhou indiferente para as frutas, deixando-as de lado. Como estava sempre doente, eu não levava a mal gestos como esse.

"Poucos dias depois, estava sentado diante de minha loja, onde exponho os tecidos mais finos, quando vi um escravo mal-encarado se aproximar segurando uma maçã que reconheci ser uma daquelas que trouxera de Bassora. Disso eu não podia duvidar. Sabia muito bem que por ali ninguém acharia nenhuma igual. Perguntei ao escravo onde a encontrara e ele respondeu:

– Onde achei esta maçã? – respondeu, sorrindo. – Foi presente de minha amante, uma mulher muito bonita. Estivemos juntos hoje à tarde, mas ela estava doente. Vi três maçãs a seu lado e perguntei de onde eram. Respondeu que seu bom marido viajara quinze dias para trazê-las. Na despedida, peguei esta para mim.

"Como podem imaginar, a resposta me deixou sem movimentos. Por instantes, parecia ter morrido. Depois fechei a loja, corri para casa e subi ao quarto de minha mulher. Olhei para onde estavam as maçãs e, não vendo senão duas, perguntei pela terceira. Voltando a cabeça para esse lado, respondeu com indiferença:

– Não sei, meu primo.

"Senti que a história do escravo era verdadeira. Essa resposta de minha mulher me convenceu. Não tanto pelo que disse, mas pelo jeito de falar. Arrasado de ciúmes, e dor, puxei

a faca que trazia sempre no cinto e cravei-a em sua garganta. Depois cortei seu corpo em pedaços e guardei-os na caixa que joguei ao rio Tigre.

"Quando saí, meus filhos pequenos já estavam dormindo. Ao voltar, encontrei um deles chorando, sentado na porta. Perguntei-lhe o motivo do choro.

– Eu quero minha maçã – dizia ele entre soluços. – Esta manhã tirei uma das maçãs que minha mãe guardava, sem ela ver. Depois vim brincar aqui na rua quando um escravo passou e roubou a maçã. Gritei que era de minha mãe, que ela estava doente, que meu pai tinha viajado quinze dias para encontrar aquela maçã, mas não adiantou. Corri atrás dele, mas o homem sumiu numa esquina. Fiquei tão cansado que dormi. Depois esperei que o senhor chegasse para contar. Não diga nada a minha mãe, ela é capaz de piorar.

"Ouvindo meu filho, uma aflição terrível tomou conta de mim. Reconheci a enormidade de meu crime. Mil vezes me arrependi, mas muito tarde, de ter acreditado naquele desgraçado. Meu tio, que está aqui, chegou naquela hora e não escondi nada, contei a ele a razão do meu desespero. Vinha visitar a filha. Confessei-me o mais cruel dos homens. Em lugar de me repreender, chorou comigo três dias sem parar. Depois soubemos dos enforcamentos e viemos para a praça. O resto o senhor sabe como foi. Agora, peço para mim a mais rigorosa pena. Qualquer castigo ainda será leve demais para meu crime."

"Antes de tomar a decisão final o califa parou para pensar."

E, como o dia chegara, Sherazade também deixou a continuação dessa história para a noite seguinte.

Capítulo XV

Os filhos do sultão do Egito

Antes da madrugada já o sultão pedia que Sherazade contasse qual a decisão do califa. Que destino teria o rapaz?

Sherazade continuou:

"O califa Al Rachid achou o criminoso mais digno de compaixão do que de castigo. Sua dor o acompanharia pelo resto da vida. E como a causa do assassinato fora a mentira do escravo, dava a seus guardas três dias para o encontrarem. Ameaçou de novo o grão-vizir:

– Se você não o trouxer, será enforcado em lugar dele.

"O pobre Giafar, que já se julgava fora de perigo, teve a impressão de sentir outra vez o peso da corda no pescoço. Foi para casa abatido e certo de que não conseguiria encontrar o escravo numa cidade grande como Bagdá, onde havia uma infinidade deles. Só se Alá o apontasse.

"Passou os dois primeiros dias se lamentando com a família, que chorava a seu redor. Todos maldiziam a exigência do califa. Para morrer como um ministro íntegro, colocou em ordem seus papéis, pagou dívidas e chamou autoridades e testemunhas para fazer seu testamento. Depois despediu-se da mulher e dos filhos. Quando o emissário do palácio chegou para saber se aparecera o escravo ou se ele morreria na forca, o vizir disse estar pronto. Queria apenas, pela última vez, rever a filha menor. Aproximou-se então da menina, abraçou-a com ternura, beijando-a muitas vezes. Apertando-a contra o peito, sentiu em seu corpo um volume estranho. Ela guardava ali alguma coisa dura e cheirosa, que o pai quis saber o que era:

– É uma maçã. Comprei-a esta de nosso escravo Rian, por dois sequins.

"Ao ouvir as palavras *maçã* e *escravo*, o grão-vizir Giafar deu um grito de espanto e de alegria. Pediu a maçã para a filha e mandou chamar Rian, que não estava longe. Assim que o viu, perguntou:

– Esta maçã, onde foi encontrada?

– Senhor – respondeu o escravo –, juro que não a roubei desta casa, nem do palácio do califa. Outro dia, passando pela rua, vi uns meninos que brincavam. Um deles segurava esta maçã. Tomei-a e corri. Ele saiu gritando atrás de mim, dizendo que a maçã era de sua mãe, que o pai viajara quinze dias e só conseguira três maçãs, que ela estava doente, mas entrei por uma viela e vim para cá. Hoje vendi a fruta por dois sequins para sua filhinha.

"Giafar não se conformava: aquela simples história tinha causado a morte de uma mulher. Levou o escravo imediatamente à presença do califa, contando como descobrira a verdade. Harum Al Rachid ficou de tal modo impressionado que mandou os escribas do reino registrarem a história. Queria também que ela servisse de exemplo a todos. E recomendou que, pelas desgraças causadas, o escravo tivesse um duro castigo.

– Disso não posso discordar – respondeu o vizir –, mas história por história, conheço algumas maravilhosas de um vizir do Cairo chamado Nuredin Ali, o filho do vizir de Bassora, Bedredin Hassan. Como Vossa Majestade gosta de ouvir relatos desse gênero, estou pronto a contá-los com a condição de que o meu escravo Rian seja perdoado.

– Aceito a proposta – replicou o califa. – Mas as histórias de fato terão que ser melhor do que a das maçãs.

– Se Vossa Majestade não gostar delas, poderá condenar Rian.

"Acertado o acordo, Giafar tomou a palavra:

"Havia antigamente no Egito um sultão muito bom e justo, que amava os pobres e protegia os sábios. O vizir desse sultão gostava de ler, conhecia as artes e as ciências. Tinha dois filhos que seguiam seu exemplo. O mais velho chamava-se Shensedin Mohamed e o mais novo, Nuredin Ali. Este era o mais inteligente, o mais brilhante. Quando o vizir morreu, o sultão quis conhecer seus filhos para falar de seu pesar, e recomendou aos dois que continuassem a viver em harmonia, como era desejo de seu pai. Os dois agradeceram a bondade do sultão e voltaram para casa, de onde saíram só depois de um mês, devido ao luto. Iam ao Conselho, apenas quando eram chamados pelo sultão. Às vezes também Sua Majestade os convidava para a caça. Mas sempre convidava um de cada vez.

Uma noite, depois da ceia, na véspera de uma caçada, conversando, os dois irmãos lembraram-se de que deviam afinal se casar, e que seria bom os dois casamentos se realizarem no mesmo dia. Melhor ainda, disseram, se as noivas concebessem na primeira noite e assim tivessem, da mesma idade, um menino e uma menina. Acabaram achando também que seus filhos, sendo primos, poderiam no futuro se casar. Nuredin Ali quis então saber se o filho do irmão por ocasião do casamento daria um dote à sua filha.

– Além do contrato nupcial, ela terá uns três mil sequins, boas terras e três escravos.

"Mas acabaram discutindo, porque afinal o filho varão, sendo sempre considerado mais nobre do que a mulher, competiria à moça entrar com maior dote. Nuredin, ao contrário, achava que o irmão não era justo rebaixando sua filha. A discussão chegou a tal ponto que resolveram desfazer o projeto

de casamento. Depois de algumas ameaças recolheram-se a seus aposentos.

Ao raiar do dia, Shensedin Mohamed levantou-se e foi ao palácio, de onde saiu com o sultão, tomando o caminho do Cairo para o lado das pirâmides. Nuredin Ali não conseguiu dormir. Passou a noite inquieto e decidiu depois daquela discussão não morar mais com o irmão, que sempre o tratava com muita altivez. Mandou preparar uma boa mula, proveu-se de dinheiro, de ricas pedrarias e de alimentos, dizendo aos criados que viajaria por uns dois ou três dias.

"Fora do Cairo, caminhou pelo deserto para os lados da Arábia. Quando a mula não aguentou mais seu peso, desceu, seguindo a pé. Por sorte, um cavaleiro que ia para Bassora levou-o na garupa. Na cidade, agradeceu o favor e foi procurar alojamento. Viu então a comitiva do grão-vizir do sultão daquela cidade, que andava fazendo a ronda para manter a ordem e a paz.

"Casualmente, o vizir olhou para Nuredin e o achou tão simpático que, vendo-o vestido de viajante, perguntou quem era e de onde vinha.

– Senhor – respondeu Nuredin Ali –, sou do Egito, nasci no Cairo e deixei minha pátria por desentendimentos com parentes. Quero viajar por todo o mundo e espero morrer antes de voltar à minha terra.

"O vizir, que tinha idade e experiência, respondeu:

– Meu filho, não há no mundo senão miséria e padecimentos. Desista desse plano e me acompanhe. Você esquecerá depressa o que o fez sair de casa e todo esse ressentimento.

"Nuredin Ali seguiu o vizir. Este, reconhecendo logo suas qualidades, o admirava e tratava com carinho de pai. Um dia, falando de sua idade avançada, o vizir confessou não ter esperanças de viver muito tempo. Pediu então a Nuredin que se tornasse seu genro.

– Deu-me o céu uma filha única que não é menos bela que você. Alguns poderosos desta corte a pediram em casamento para seus filhos, mas recusei todas as propostas. Gostaria que ela se tornasse sua mulher. Direi ao sultão que deixarei a você todos os meus bens e a administração dos negócios do reino.

"Assim que o grão-vizir de Bassora acabou de falar, Nuredin Ali ajoelhou-se a seus pés em sinal de agradecimento e prometeu fazer o que fosse de seu agrado.

"O grão-vizir chamou os principais criados de sua casa e ordenou que preparassem a grande sala do palácio para um magnífico banquete. Depois convidou todos os membros da corte e os senhores importantes da cidade.

"No dia marcado, estando todos os convidados presentes, o vizir resolveu explicar por que escolhera Nuredin Ali para ser seu genro:

– Tenho a honra de revelar a todos um segredo guardado há muito tempo. Este jovem é filho de um irmão que tenho no Cairo, também vizir de um sultão. É seu filho único. Ele veio para cá a pedido do pai, para se tornar o marido de minha filha. As núpcias serão celebradas hoje. Ficarei muito feliz se me derem a honra de assisti-la.

Não podendo interpretar de outra forma a escolha do vizir, as autoridades ali presentes o cumprimentaram, declarando-se felizes em assistir à cerimônia. E pediram a Alá que desse muitos anos aos noivos e filhos desse casamento."

A claridade do dia já iluminava o rosto de Sherazade quando ela interrompeu a narração, continuando-a na noite seguinte.

Capítulo XVI

Aventuras de Bedredin Hassan

"Os amigos reunidos na casa do grão-vizir de Bassora o cumprimentaram com grande alegria pelo casamento de sua filha com Nuredin Ali e sentaram-se todos para o banquete. Mais tarde, o anfitrião ordenou aos criados que cuidassem do banho e das roupas do noivo. Nuredin Ali recebeu os mais raros perfumes e vestiu trajes magníficos, aparecendo então ao grão-vizir antes de ir para o quarto de sua esposa.

"Foi nesse momento que o sogro pediu ao genro que contasse o que de fato acontecera em sua vida, confessando saber de sua antiga posição na corte do Egito. Nuredin Ali narrou sua desavença com o irmão, o que fez o grão-vizir dar uma grande gargalhada:

– É possível, meu filho, que vocês tenham brigado por um casamento imaginário? É inacreditável! Mas se alguém lucrou com isso foi minha filha, que tem agora um ótimo marido. Mas não se demore, ela o espera.

"Porém, o que ninguém sabia era que, nesse mesmo dia do casamento de Nuredin, em Bassora, também seu irmão, Shensedin Mohamed, se casava no Cairo.

"Ao voltar da caçada com o sultão do Egito, um mês depois de ter partido, Shensedin estranhou não encontrar Nuredin em casa e, lembrando-se da discussão que tiveram, mandou procurá-lo por todo o reino, sem resultados. Passou muito tempo angustiado por não saber do irmão, certo de que ele fora embora por sua causa. Meses depois, resolveu casar-se com a filha de um dos mais poderosos senhores do Cairo.

E isso se deu, por coincidência, no mesmo dia em que Nuredin Ali se casava em Bassora.

"A coincidência foi além: depois de nove meses a mulher de Shensedin Mohamed teve uma menina, no Cairo. No mesmo dia, em Bassora, nascia o filho de Nuredin, que se chamou Bedredin Hassan. O nascimento do menino foi cercado por diversas festas e outras manifestações de alegria. O avô pediu ao sultão para que, quando morresse, Nuredin se tornasse grão-vizir em seu lugar, o que foi concedido com muito gosto. Já no dia seguinte juntamente com o sogro, Nuredin Ali presidiu o Conselho. Quando mais tarde o bom velho morreu, Nuredin ocupou seu cargo com grande competência, como se nunca tivesse feito outra coisa na vida.

"Assim que Bedredin Hassan, seu filho, completou sete anos, Nuredin entregou-o aos cuidados de um excelente mestre, que o achou um menino inteligente, vivo, capaz de aproveitar todos os ensinamentos. De fato, o filho de Nuredin cresceu chamando a atenção por sua beleza física e por sua extraordinária cultura.

"Quando atingiu quinze anos, Nuredin apresentou-o ao sultão, que o recebeu muito bem. O desejo de Nuredin era de que, mais tarde, também seu filho o sucedesse no cargo de vizir. E, embora fosse relativamente jovem, a morte chegou para o vizir mais cedo do que todos imaginavam. Nuredin adoeceu, e de moléstia tão violenta, que se preparou para morrer. Deu diversos conselhos ao filho e contou sua história: o desentendimento com o irmão, a saída do Egito, o apoio do velho grão-vizir de Bassora. Depois, entregou-lhe um caderno, que continha a descrição de sua vida, recomendando que o lesse com vagar. Até o último instante, Nuredin falou e se preocupou com o filho.

"O sultão proporcionou a Nuredin Ali um enterro com todas as honras, verdadeiras pompas de rei. Bedredin Hassan

de Bassora, como era chamado por ter nascido nessa cidade, sentiu tanto a morte do pai que não passou apenas um mês sem sair de casa. Seu luto demorou muito mais, pois não desejava ver ninguém. O sultão, não entendendo essa atitude do rapaz, tomou sua ausência na corte e no cargo que deveria ocupar como uma ofensa. Mandou oficiais à sua presença com ordens de prendê-lo. Ouvindo a conversa desses emissários, um escravo que andava pelas ruas, perto do palácio, correu para dar a notícia a Bedredin Hassan, aconselhando-o a fugir o mais depressa possível.

– Não terei tempo nem para entrar e apanhar dinheiro e algumas joias? – perguntou o rapaz.

– Não, senhor – respondeu o escravo. – É preciso partir já. Os homens devem estar chegando.

"Bedredin Hassan cobriu a cabeça com os tecidos de sua roupa para não ser reconhecido e saiu sem saber para onde ir, e sem nada levar. Pensou em alcançar as portas da cidade e sair. Depois resolveu passar a noite no cemitério, junto ao túmulo de seu pai. Ia para lá quando encontrou um judeu riquíssimo, que era banqueiro e grande mercador. O judeu logo o reconheceu. Perguntou para onde ia, estranhando vê-lo por ali, tão longe de onde morava e tão perturbado. Bedredin disse ter sonhado com o pai, querendo então visitar seu túmulo no cemitério. O judeu lembrou-se então de que meses antes Nuredin Ali havia carregado alguns navios com tecidos muito ricos e que essa carga que estava sendo negociada em vários portos, pertencia a Bedredin. Queria propor comprá-la. Daria mil sequins pelo carregamento do primeiro navio que chegasse ao porto. Se concordasse, pagaria naquela mesma hora, em dinheiro. Dizendo isso, mostrou uma grande bolsa selada com o seu timbre. Bedredin logo aceitou a proposta: assinou uma declaração de venda do navio e de seu carregamento, recebeu o dinheiro e despediu-se, indo então repousar junto ao túmulo de Nuredin.

"Pela manhã, um gênio viu-o ali adormecido e ficou admirado diante de sua beleza. Seria um anjo? Com essa dúvida deixou ainda Bedredin dormindo e subiu aos ares, onde se encontrou com uma maga. Cumprimentaram-se e o gênio falou do rapaz que dormia no túmulo de Nuredin.

– É um túmulo suntuoso, como não existe outro igual em Bàssora. Gostaria que você também o visse.

"Voltaram, então, juntos, ao cemitério, e a maga examinou Bedredin com atenção, dizendo ao gênio:

– Ele é mesmo muito bonito, mas acabei de ver, no Cairo, há poucos instantes, uma jovem tão bela quanto ele, filha de Shensedin Mohamed, o vizir do sultão do Egito. A fama da beleza dessa moça chegou ao sultão que a pediu em casamento, mas o pai se negou a aceitar a proposta, o que deixou o monarca enfurecido. Shensedin, então, explicou:

– Meu irmão morreu há pouco tempo em Bassora e deixou um filho. Na juventude, prometemos que nossos filhos se casariam. Não posso, de modo algum, romper essa promessa.

"Ouvindo isso, o sultão quis se vingar do vizir imaginando o melhor modo de castigá-lo, pois não acreditava na promessa."

Nesse momento Sherazade foi obrigada a calar-se porque o dia já estava nascendo. Na noite seguinte, tomou outra vez o fio da narrativa e contou ao sultão das índias o que acontecera, prosseguindo a história narrada pelo vizir Giafar para o califa Harum Al Rachid, que o ouvia.

Capítulo XVII

A troca de noivos

"O sultão do Egito ficou escandalizado com a ousadia de Shensedin Mohamed, capaz de recusar desse modo, a ele, tão poderoso, a mão de sua filha. Ressentido, disse com raiva:

– Você devia agradecer minha proposta, pois sua filha é bonita, mas não é nobre. Esta aliança está abaixo de meu nível. Mas vocês terão o que merecem. Juro que sua filha terá por marido o mais vil, o mais disforme de todos os meus escravos.

"Terminada essa ameaça, despediu o vizir e ordenou que a filha de Shensedin se casasse com um dos escravos das cavalariças da corte, um corcunda inculto e tão feio que dava medo. Mandou que fizessem imediatamente o contrato de casamento e preparassem os banhos. Como já era noite, os escravos tiveram que segurar tochas acesas diante da casa de banhos onde entraria o corcunda.

"Enquanto isso, a maga, perto do túmulo de Nuredin Ali, onde Bedredin ainda dormia, disse ao gênio que, ao sair do Egito, o corcunda ainda se encontrava no banho e, na casa de Shensedin, a noiva chorava sem esperanças.

"Tanto a maga como o gênio, olhando para o rapaz adormecido, acharam que ele, sim, deveria se casar com a filha de Shensedin, pois era tão bonito quanto ela. Pensaram num plano:

– Sou capaz – disse o gênio – de levar este rapaz até o Egito sem acordá-lo.

– É preciso que ele esteja lá antes que o corcunda saia do banho.

"Tudo combinado, a maga e o gênio passaram então a agir. Bedredin foi conduzido delicadamente pelos ares, a uma velocidade incrível. Ao acordar, o filho de Nuredin Ali assustou-se por estar entre uma multidão desconhecida, na frente de uma casa de banhos. Mas o gênio pediu que ele não dissesse uma palavra, e contou o plano. Depois, recomendou:

– Desta sairá um noivo, que irá para o palácio, seguido por dançarinos e músicos. Entre no meio deles. Não se admire de coisa alguma nem tenha medo de ninguém. Leve esta bolsa de dinheiro e vá distribuindo-o até conseguir chegar perto da noiva.

"Bem informado do que devia fazer, Bedredin pegou também uma tocha, colocou-se entre os escravos e acompanhou o corcunda até o palácio, dando às vezes alguns sequins aos músicos e dançarinos, para que não estranhassem sua presença entre os outros. A cor clara de sua pele, a beleza de seu rosto e os modos educados chamavam a atenção de todos. Alguns percebiam não se tratar de um escravo do Cairo.

"A multidão que se aglomerava nas proximidades do palácio para ver o casamento, era tão grande, que alguns oficiais do sultão tiveram que afastar o povo para o cortejo do noivo passar, mas Bedredin conseguiu abandonar sua tocha e entrar com os músicos e dançarinos. Pessoas da corte, ao vê-lo, imaginaram ser um estrangeiro vindo para as bodas. Convidaram-no então para ficar mais próximo do trono. Tornando-se assim mais visível, a beleza do jovem causou tanto espanto que muitos saíam dos lugares onde estavam para admirá-lo.

"Causava grande tristeza que a noiva, tão bela e ricamente vestida, estivesse sendo oferecida por castigo a esse corcunda que, além de tão disforme, diziam ser agressivo e maldoso. As senhoras presentes começaram a falar mais alto, mostrando a diferença entre o noivo arranjado pelo sultão e o rapaz chegado de fora. Todos então atreveram-se a levantar a voz contra o sultão e seu abuso de poder. A própria música parou.

"As damas que vestiriam a noiva, assustadas, chegaram-se mais perto dela. As joias e o brilho de seus vestidos constituíam também um espetáculo fascinante. Para descrever bem esse momento de tanta beleza, mais tarde poetas fariam inúmeros versos.

"A cerimônia do casamento pedia que a noiva fosse ornada por diversas roupas diferentes. As damas iam colocando essas vestes riquíssimas sobre ela e cada peça despertava

maior admiração que a anterior. Depois de preparada com todos os ornamentos, a noiva deveria apresentar-se primeiro ao pai, depois ao noivo. Mas, no caminho, a moça parou diante de Bedredin Hassan, para que ele a visse melhor. Diante desse interesse especial, o filho de Nuredin Ali animou-se. Lembrando-se da bolsa oferecida pelo gênio, distribuiu vários sequins às pessoas que acompanhavam a noiva, aos dançarinos e aos escravos. Não tardou para que todos dissessem que ele, sim, deveria se casar com a filha de Shensedin Mohamed.

"Acabada a cerimônia dos vestidos, os músicos se retiraram. A moça foi conduzida a seus aposentos. Na sala ficaram somente o corcunda, Bedredin e alguns criados. Encarando-o com ódio, o corcunda perguntou:

– E você, o que está esperando? Por que não foi com os outros? Ande, suma daqui.

"Bedredin saiu bastante aborrecido, mas nem atravessara ainda o vestíbulo para ir embora, quando o gênio e a maga surgiram de repente.

– Não saia – disseram eles. – Faça exatamente o contrário: entre nos aposentos da noiva. O corcunda ainda não está lá. O casamento não se consumou. Diga à moça que você é o verdadeiro marido. Invente que a escolha do corcunda foi apenas um divertimento do sultão. Não será difícil enganá-la. Ela ficará tão feliz que concordará com tudo. Vamos providenciar para que o corcunda não volte ao palácio esta noite.

"O gênio foi rapidamente à procura do corcunda e, encontrando-o perto das cavalariças, assustou-o, transformando-se num gato de grandes dimensões. Embora chocado, o corcunda o tocou para longe. Mas o gênio não desistiu: voltou ainda mais furioso, agora em forma de búfalo, ameaçando-o de morte, dizendo ser amante da filha de Shensedin Mohamed. Apavorado, o corcunda escondia-se, pedindo perdão:

– Suplico que me deixe viver. Casei-me por ignorância.

Nunca poderia supor que essa jovem tão bela tivesse um búfalo por amante. Estou pronto para fazer tudo o que mandar.

"O gênio ordenou que ele não se movesse dali até o Sol raiar, do contrário teria a cabeça partida em mil pedaços. Só depois voltou ao palácio, e a maga mostrou-lhe que Bedredin Hassan já entrara para o quarto da noiva. Uma velha aia acabava de acompanhá-lo, saindo em seguida e fechando a porta.

"A noiva teve uma grande surpresa ao ver Bedredin entrar em lugar do corcunda. E, ouvindo a história de que o sultão fizera a outra escolha para se divertir, sentiu uma enorme alegria.

"Com grande ternura os dois deitaram-se, felizes, no leito conjugal. Sobre uma cadeira, ficaram as roupas de ambos e a bolsa de Bedredin ainda cheia de dinheiro."

A luz avermelhada do Sol da manhã obrigou Sherazade a silenciar. Na noite seguinte, ela continuou:

Capítulo XVIII

Depois do amor

"Adormecidos os amantes, o gênio e a maga voltaram a se reunir.

– É tempo – disse ela – de se acabar o que foi tão bem começado.

"O gênio concordou e pediu que a maga entrasse no quarto e levasse Bedredin sem despertá-lo.

"Bedredin Hassan ressonava a sono solto. Vestia apenas umas calças de seda vermelha. Com absoluto silêncio e

maravilhosa velocidade, a maga o conduziu às portas de Damasco. Chegaram no momento em que os ministros das mesquitas chamavam o povo para as orações da manhã. A maga pousou Bedredin bem devagar sobre o chão, afastando-se em companhia do gênio.

"Quando as portas da cidade se abriram, as pessoas que passavam achavam estranho ver ali, adormecido, um rapaz com tão boa aparência, sem roupas, apenas com aquela calça vermelha no corpo. E comentavam, imaginando aventuras para o estrangeiro:

– Deixou a amante com tanta pressa que não teve tempo de apanhar a roupa.

"Outros, mais sérios, mostravam a que estavam expostos:

– Embriagou-se, decerto. E vem nos dar este espetáculo.

"Uma aragem mais forte e fria afinal o despertou. Viu-se cercado por criaturas da Síria que admiravam sua brancura: Bedredin tinha o peito mais branco do que a neve.

"Onde estaria? Muros de que cidade seriam aqueles? Pediu que informassem. Alguém perguntou:

– O senhor passou a noite aqui, perto das portas de Damasco?

– Damasco!

"Bedredin não podia acreditar. Deitara-se no Cairo, com uma bela mulher. Como podia amanhecer em Damasco?

"Alguns tiveram pena de seu desespero, mas quase todos riram, sem acreditar que na véspera estivera no Egito. Até que um velho caridoso se aproximou tentando acalmá-lo, achando que o rapaz perdera a razão. A esse velho, Bedredin perguntou por seu turbante e pela bolsa que tinha no Cairo. Por mais que insistisse, ninguém sabia de nada. Considerado louco, entrou na cidade. As janelas se abriram para vê-lo passar. E todos gritavam:

– Doido, é um doido!

Bedredin ficou tão perturbado com aquilo que entrou na primeira porta que viu aberta. Era uma confeitaria. Ali escapou do povo que o seguia.

"O confeiteiro em outros tempos andara com árabes que roubavam as caravanas. Embora essa lembrança já se perdesse no passado e ele estivesse ali estabelecido há muitos anos, o povo ainda o temia: bastou ele chegar à porta para que todos se dispersassem, deixando Bedredin em paz.

"Bedredin contou então ao confeiteiro toda a sua vida, desde o nascimento. Disse também como, depois de ter dormido com a filha de Shensedin Mohamed, se encontrara, não sabia como, às portas de Damasco, sem os seus pertences.

– Sua história é curiosa – disse o confeiteiro. – Mas não a repita para mais ninguém. Espere com paciência. Tudo vai se esclarecer. Pode ficar aqui. Como não tenho herdeiros, poderei reconhecê-lo como meu filho, se quiser. Você andará então livremente pela cidade e não estará mais exposto a insultos.

"Embora essa adoção não fizesse honra a uma pessoa tão bem nascida, Bedredin a aceitou com satisfação e ficou muito grato ao confeiteiro, aprendendo a ajudá-lo no trabalho.

"Enquanto isso se passava em Damasco, a filha de Shensedin Mohamed acordava no Cairo. Não vendo Bedredin a seu lado, pensou que se levantara em silêncio para não acordá-la, mas que voltaria logo. Ainda esperava o marido, quando o vizir, seu pai, entrou no quarto. Estava abatido pela afronta sofrida com o casamento da filha com o corcunda, imposto pelo sultão. Porém, ao contrário do que esperava, encontrou-a feliz, levantando-se risonha.

– Pensei em vir consolá-la desse horrendo sacrifício e encontro-a assim, tão alegre?

– Não me repreenda, meu pai. Também acreditei na farsa com que todos se divertiam. Mas não dormi com o corcunda.

– O quê! O noivo não dormiu neste quarto?

– Em seu lugar esteve aqui outra pessoa, de belos olhos e lindas sobrancelhas pretas.

"O pai não entendia. Pensava estar sendo enganado. Será que nem sua filha respeitava sua dor? Mas ela explicou tudo o que acontecera, pedindo ao pai que procurasse o rapaz que saíra cedo.

"Perto das cavalariças, Shensedin encontrou o corcunda imóvel, encostado à parede, na mesma posição em que o deixara o gênio. Podendo de novo mover-se e falar, o corcunda o acusou por querer dar em casamento uma filha que era amante de um búfalo. Contou também que viu um gato de tamanho exagerado. Shensedin julgou que o corcunda tivesse enlouquecido, mas voltou ao quarto da filha para ver se conseguia compreender alguma coisa. Ela então apontou a cadeira:

– Aí está a prova, meu pai, de que não minto.

"Shensedin Mohamed encontrou de fato a roupa de Bedredin, a bolsa com o dinheiro e o turbante. Examinando o turbante, feito à moda de Mossul, sentiu alguma coisa costurada no forro: pareciam papéis. Era o caderno de Nuredin Ali, que Bedredin ali escondera desse jeito com medo de perder. Examinando o caderno, Shensedin Mohamed logo reconheceu a letra do irmão e leu: 'Para meu filho Bedredin Hassan'. Na bolsa, achou os sequins ganhos pelo negócio com o judeu, e sempre aumentados pelo gênio e pela maga. Junto ao dinheiro, havia a declaração da venda de um navio com mercadorias. Shensedin não terminara de examinar tudo isto, quando sua vista escureceu e sentiu-se desmaiar.

"Ao voltar a si, com o auxílio da filha e das escravas, revelou a todos que quem passara a noite com a noiva, ali, fora seu sobrinho, o filho de Nuredin Ali. Os mil sequins encontrados na bolsa correspondiam exatamente ao presente nupcial tão discutido em sua juventude, motivo de terem se desentendido para sempre.

– Alá seja louvado – murmurou – por estes sinais. Que Nuredin Ali também possa ver, de onde estiver, o que está acontecendo.

"A alegria de Shensedin foi tão grande que ele pegou o caderno e a bolsa de Bedredin e foi mostrá-los ao sultão. Este, achando a história admirável, mandou que a escrevessem para que todos pudessem conhecê-la. Perdoou Shensedin, achando graça e dando boas risadas ao saber o que acontecera ao corcunda.

"Uma coisa, entretanto, o vizir Shensedin não conseguia entender: o desaparecimento do sobrinho. Impaciente para vê-lo e abraçá-lo, mandou que o procurassem por todo o Cairo. Mas foi inútil.

"Na incerteza do que pudesse depois acontecer, Shensedin mesmo tomou nota dessa incrível aventura, descrevendo como se passaram as núpcias da filha, como estavam mobiliados o quarto e a sala, e como a noiva se vestira. Com muito cuidado fez um embrulho com o turbante, a bolsa e as roupas de Bedredin; depois guardou o pacote, fechando-o a chave.

"Algum tempo depois a filha de Shensedin Mohamed percebeu estar grávida, mais tarde dando à luz um filho que se chamou Agid. Desde cedo esse filho foi cercado por todo o carinho e o luxo de um herdeiro de grande linhagem. Shensedin, vendo-o crescer, entregou-o ao melhor mestre do Cairo, de uma escola de alta reputação: não queria que o menino fosse educado em casa. O amor cego da mãe e do avô fizeram de Agid um garoto de gênio insuportável, cheio de vontades, que desprezava os colegas. No início, o mestre foi paciente, mas depois já não sabia o que fazer para segurar a revolta da classe contra Agid. Num dia em que o garoto se comportou pior, alguns meninos maldosamente o chamaram de bastardo, o que ele não entendeu. Julgava-se filho daquela mulher de grande beleza e do vizir. Só então ficou sabendo que Shensedin

era seu avô e que seu pai desaparecera. Perguntando ao mestre, teve a confirmação de que aquilo era verdade. Agid chegou em casa tão abatido e triste que a mãe suspeitou de alguma doença, mas ao saber a causa, ela chamou o vizir, seu pai, e então contaram toda a verdade a Agid, dizendo também que ele devia ser mais dócil e amigo dos companheiros.

"As lágrimas de Agid tocaram tão fundo o coração do avô, que ele pediu ao sultão permissão para partir à procura de Bedredin. Iria de cidade em cidade buscá-lo. Percorreria todas as províncias do Levante. O sultão não só concordou com isso, mas ordenou, em termos oficiais, que todos os príncipes dos lugares onde Bedredin poderia estar consentissem que o vizir o trouxesse de volta.

"Sem encontrar palavras para agradecer essa gentileza, Shensedin despediu-se emocionado e foi para casa preparar sua partida. Quatro dias depois estava pronto para a viagem. A filha e o neto o acompanhariam."

Sherazade calou-se ao ver a claridade. Levantou-se Shariar impaciente para saber o que se passaria entre Agid e Bedredin. Assim, logo ao anoitecer, Sherazade prosseguiu.

Capítulo XIX

Encontro em Damasco

"Em Damasco, assim que Bedredin Hassan viu Agid, sentiu uma estranha comoção. Mas não era só pela beleza do menino; alguma coisa mais o perturbava. Do modo mais terno possível pediu que o garoto entrasse na confeitaria

e comesse alguma coisa. O eunuco, que no momento acompanhava Agid, não achou conveniente, mas Bedredin acabou por convencê-lo, elogiando seus serviços como guarda do sultão, dos príncipes e do harém. E, com grande prazer, ofereceu a ambos pedaços da torta de creme que acabara de fazer. Olhando para o garoto, Bedredin pensava que talvez tivesse um filho daquela idade, da mulher com quem dormira uma noite mágica no Cairo e da qual fora separado de forma tão misteriosa. Quando ia perguntar sobre a visita que Agid fazia a Damasco, o eunuco já saía da confeitaria, chamando o menino, pois precisavam voltar depressa à tenda do avô. Bedredin Hassan sentiu por dentro uma força que o levou a acompanhá-los, de longe. Percebendo que o confeiteiro os seguia, o eunuco assustou-se e mostrou-o a Agid:

– Está aí o que deu entrarmos na confeitaria daquele homem. Eu não devia ter deixado você ir lá. Ele está nos seguindo.

– Ora, os caminhos são livres. Quem sabe ele tem negócios nesta mesma direção.

"Chegando ao acampamento do vizir, viram ainda Bedredin, agora mais perto. Agid começou então a ter medo, principalmente de que o eunuco contasse a Shensedin que ele entrara numa confeitaria, como qualquer pessoa do povo. Entre a simpatia que sentira pelo confeiteiro e esse medo, o menino se debateu por alguns momentos, mas depois resolveu apanhar uma pedra do chão e jogá-la, para que o homem se afastasse. A pedra atingiu o rosto de Bedredin, ferindo-o bastante. Limpando o sangue, voltou tristemente para a loja, pensando que afinal buscara esse castigo por seguir os dois sem nenhuma explicação.

"No outro dia, o vizir partiu para Emessa; dali foi a Hamac e depois para Alepo. De Alepo atravessou o rio Eufrates e entrou na Mesopotâmia, depois de passar por Mardin,

Mossul, Sengira, Diarbekir e algumas outras cidades, chegando finalmente a Bassora, onde logo pediu audiência ao sultão, que o recebeu muito bem.

"Ao saber a razão da viagem de Shensedin, o sultão contou que Nuredin Ali morrera há muito tempo e seu filho desaparecera de modo inexplicável. Todas as buscas para encontrá-lo foram inúteis. Contou também que a viúva de Nuredin ainda vivia. O vizir pediu licença para visitá-la e levá-la ao Egito. Tendo o consentimento do sultão, foi com a filha e o neto para a casa da mulher de Nuredin, sua cunhada.

"A viúva residia ainda no mesmo palácio onde seu marido morara até morrer. Era uma belíssima casa, muito bem construída e ornada por colunas de mármore. Ao chegar, Shensedin Mohamed beijou a porta onde havia, em letras de ouro, o nome de seu irmão. Encontrou a cunhada num pavilhão erguido no meio do jardim. Essa construção imitava o túmulo de Nuredin Ali, onde a viúva chorava a morte do marido e a falta do filho, pois acreditava que Bedredin também estivesse morto.

"O vizir cumprimentou a cunhada e contou por que viajara a Bassora. A viúva de Nuredin, que de tanto sofrer parecia uma pessoa distante do mundo, ouviu o que ele disse, sem grande interesse. Porém, quando o ouviu mencionar o casamento e a noite que Bedredin passara com sua filha, ela se alegrou e abraçou Agid, aproximando-se com carinho também da filha de Shensedin. Renascia sua esperança de rever o filho com vida. Sabendo que o sultão permitira sua partida para o Egito, deu início aos preparativos: queria viajar o mais depressa possível.

"Seguiram todos de volta. Perto de Damasco, foram armadas as tendas para descanso. Ficariam ali três dias. Enquanto Shensedin escolhia os tecidos mais bonitos que os mercadores mostravam para vender, Agid pediu ao eunuco

que o levasse à cidade para ver o que não dera tempo da outra vez. Entraram em Damasco pela porta do palácio. Visitaram as grandes praças, a antiga mesquita dos califas Omíadas, na hora das preces, e depois passaram na frente da confeitaria onde Bedredin a essa hora fazia tortas de creme.

– Bom dia! – disse Agid para ele. – Lembra-se de mim?

"Bedredin Hassan reconheceu-o imediatamente, sentindo a mesma comoção, um desejo profundo de chorar. Recuperando a serenidade, convidou Agid a entrar e ofereceu a ele e ao eunuco pedaços de torta. Desculpou-se também pelo que tinha havido, dizendo que os seguira a mandado de um impulso mais forte, que não sabia explicar.

"Encantado com o que dizia Bedredin, Agid prometeu voltar a visitá-lo, mas pediu que não o seguisse. Viria enquanto o avô estivesse ocupado, escolhendo presentes para o sultão do Egito.

"Tanto o eunuco quanto Agid comeram com prazer as tortas. Bedredin, em silêncio, ouvia o que diziam, olhava para Agid e depois, sem conseguir falar, preferiu cantar para ele algumas trovas. Por fim, numa taça de porcelana, ofereceu ao menino um sorvete finíssimo, de rosas, como nunca Agid tomara igual. Despediram-se e, ao chegar às tendas, passaram primeiro por aquelas onde estavam as senhoras.

"A avó de Agid não se cansava de abraçá-lo e de contar histórias de quando seu filho, Bedredin, também era menino. Mandando servir a ceia, pediu que o neto ficasse a seu lado e falasse do passeio daquela tarde. À sobremesa, serviram torta de creme, mas tanto o eunuco quanto Agid apenas a experimentaram, pedindo um pedaço pequeno. A viúva de Nuredin Ali, estranhando, perguntou por que não comiam mais, já que essa torta, sua especialidade, era sempre repetida por todos, várias vezes.

– Ninguém no mundo faz tortas de creme tão boas

quanto esta, a não ser seu pai, Bedredin Hassan, a quem ensinei o segredo desta receita – disse a velha senhora.

– Pois há um confeiteiro na cidade – respondeu Agid, – que faz tortas ainda melhores do que esta. Passamos por lá hoje à tarde durante nosso passeio.

"Ao ouvir isso, a viúva levantou-se da mesa indignada contra o eunuco que deixara o menino visitar estranhos, além de tudo, comendo fora. O eunuco tentou mentir, mas Agid disse a verdade: que de fato entraram na confeitaria, comeram tortas e tomaram sorvete. A avó de Agid dirigiu-se então à tenda de Shensedin e contou o que ouvira. Shaban, o eunuco, foi chamado à presença do vizir. Mentiu também para ele dizendo nada terem comido na confeitaria. Para saber a verdade, o avô do menino mandou que o eunuco comesse a torta que estava na mesa. Por mais que quisesse, Shaban não conseguiu, uma vez que naquele dia já comera tantos doces oferecidos por Bedredin. Depois de alguns castigos e ameaças, o eunuco resolveu confessar terem experimentado as deliciosas receitas do confeiteiro, afirmando que suas tortas de fato eram mais gostosas.

"A viúva de Nuredin Ali achou que Shaban dizia aquilo só para se vingar. Para saber ao certo, perguntou onde morava o confeiteiro, deu dinheiro ao eunuco e ordenou que fosse comprar logo essa tal torta de creme para tirar a prova se era mesmo melhor do que a sua.

"Na loja de Bedredin, o eunuco pediu a torta; o confeiteiro acabava justamente de tirar algumas do forno.

– Leve esta – recomendou Bedredin, mostrando a Shaban uma das mais bonitas. – Ninguém no mundo é capaz de fazer igual. Só minha mãe, que talvez ainda esteja viva.

Shaban voltou correndo às tendas e apresentou a torta de creme ainda quente à viúva de Nuredin, que esperava com ansiedade. Ao comer o primeiro pedaço, ela deu um grito e desmaiou. Shensedin Mohamed, que estava por perto, passou água fresca em seu rosto, fazendo-a voltar a si. Então ela murmurou:

– Meu Deus, o confeiteiro deve ser meu filho. Foi meu filho Bedredin quem fez esta torta."

Nesta passagem a claridade do dia interrompeu Sherazade. O sultão das índias levantou-se para fazer sua oração e em seguida presidir o Conselho. Na noite seguinte, a filha do vizir continuou a história de Bedredin Hassan.

Capítulo XX

Por uma torta sem pimenta

"Quando o vizir Shensedin Mohamed ouviu sua cunhada dizer que a torta de creme que o eunuco trouxera deveria ter sido feita por Bedredin Hassan, sentiu uma felicidade enorme. Mas, pouco depois, pensando melhor, achou que estava sendo precipitado. Precisava ter certeza. Afinal, algum outro confeiteiro poderia ter receita semelhante. Mas a viúva de Nuredin voltou a afirmar com segurança que só ela e o filho conheciam o segredo daquela torta. Disse também que desejava rever Bedredin o mais cedo possível, pois tinha a certeza de que era ele.

– Senhora – disse o vizir –, modere sua impaciência. Logo mais o confeiteiro estará aqui. Então veremos quem é. Mas a senhora e minha filha ficarão escondidas, pois não quero que o reconhecimento seja feito em Damasco. No Cairo, prometo uma surpresa mais agradável.

"Shensedin Mohamed entrou em sua tenda e lá ordenou que diversos homens fossem à confeitaria, depredassem tudo e trouxessem, preso, o homem que fizera aquela torta.

"O vizir foi obedecido: guiados pelo eunuco Shaban, entraram na casa de Bedredin quebrando tudo. Derrubaram caldeirões, viraram mesas, melaram a loja de doces e sorvetes, levando o rapaz preso pelas ruas, à vista de todos. O povo protestava e Bedredin ia se lastimando, pois não compreendia o que estava acontecendo, nem sabia que mal fizera para isso. Falavam na torta de creme vendida ao eunuco e ao menino, mas Bedredin estava certo de não haver torta melhor do que aquela. As pessoas que conheciam o confeiteiro achavam a maior injustiça o que faziam com ele. Avançaram para libertá-lo à força, mas viram a ordem de prisão emitida pelo sultão, a pedido de Shensedin. Nada podiam fazer.

"Ao ver o vizir em sua tenda, Bedredin perguntou, afinal, que crime cometera.

– A torta – respondeu Shensedin –, não tinha pimenta.

– Só por isso se arrasa a casa de um homem, como fizeram com a minha? E desde quando faltar pimenta é motivo de prisão? – perguntou Bedredin, indignado.

"As senhoras, escondidas atrás de várias pilhas de tecidos, observavam atentamente Bedredin e logo o reconheceram. A emoção era tanta que tinham medo de perder os sentidos. Desejavam correr para seus braços, mas obedeciam às recomendações do vizir.

"O confeiteiro foi levado preso, com diversas ameaças de ser morto antes de chegar ao Cairo. O que mais o abatia era o absurdo de tudo isso acontecer por falta de pimenta numa torta.

"Chegaram ao palácio do Cairo ao anoitecer. Descarregaram as mercadorias dos camelos e depois Shensedin procurou a filha, dizendo:

– Quero que seu quarto esteja exatamente como naquela noite em que você recebeu Bedredin. Tudo nos mesmos lugares. Se não se lembrar, tomei nota de tudo, é só seguir o que escrevi.

"Feliz, a filha do vizir foi para seus aposentos fazer o que o pai acabara de ordenar. Também na sala tudo foi arrumado como na noite em que Bedredin substituiu o corcunda. Nem as tochas acesas foram esquecidas. Quando tudo estava pronto, Shensedin levou para o quarto da filha o turbante de Bedredin, suas roupas, a bolsa cheia de sequins e o caderno escrito por Nuredin Ali. Colocou tudo onde Bedredin deixara ao partir misteriosamente, levado pela maga e pelo gênio. Disse então para a filha se deitar e, ao ver entrar o marido, queixar-se por ele ter demorado, como se tivesse saído pouco antes.

– Amanhã – disse o vizir –, vamos nos divertir com o que acontecerá aqui esta noite.

"A seguir, ordenou que os criados se afastassem da sala e do quarto, deixando por ali somente dois ou três. E mandou que trouxessem o prisioneiro, sem camisa, só com uma calça de seda vermelha. Cansado e deprimido, Bedredin já dormia quando os criados do vizir o levaram, com todo cuidado, para a sala perto do quarto onde era esperado com tanta ansiedade.

"Ao acordar, vendo-se só, olhou para todos os lados. Reconheceu o lugar onde uma noite estivera. Lembrou-se do corcunda e da noite em que entrara naquele quarto. A porta estava aberta. Viu sua roupa colocada na cadeira, do mesmo jeito, junto à bolsa de viagem. E admirou-se mais ainda ao abrir as cortinas da cama: ali se encontrava a mesma mulher de extraordinária beleza, exatamente como a deixara, há tanto tempo, sem saber como nem por quê. Sorrindo, ela o chamou:

– Venha, você demorou tanto. Quando acordei e não vi ninguém, levei um susto.

– Quando acordou?

– Agora cedo.

"Sem entender nada, Bedredin foi examinar a bolsa com atenção. Ali estavam os sequins, intocados. A mulher voltou a chamá-lo, divertindo-se com seu embaraço. Bedredin aproximou-se da cama, pedindo:

– Diga-me, por favor: faz tempo que eu estou aqui?

– Tempo? Não se lembra que passamos a noite juntos e que você saiu da cama há pouco, indo não sei para onde?

– Devo estar com o espírito muito perturbado. Sei que passei a noite aqui, mas parece que depois amanheci em Damasco. Tenho a certeza de que vivi dez anos naquela cidade. Não sei mais o que é sonho ou realidade.

– Esse tempo que você pensa ter estado fora deve ter sido sonho. Você esteve aqui comigo e está aqui agora. Venha.

"Bedredin, nervoso, começou a contar fatos de sua vida em Damasco, aproximando-se cada vez mais da mulher.

– E esse crime – perguntou a moça –, qual foi?

– Ter vendido uma torta de creme sem pimenta.

– Só pode mesmo ter sido um sonho. Quem ia prender alguém por causa disso? E ninguém põe pimenta numa torta de creme.

"Divertiram-se com a história e ficaram juntos até o amanhecer, quando então Bedredin Hassan viu entrar no quarto o homem que o atormentara em Damasco por causa da torta. Assustado, levantou-se. Mas o vizir o acalmou. Entre risos, falou na troca feita naquela noite de núpcias pelo gênio e pela maga. Contou que, através do caderno de Nuredin Ali, descobrira que ele era seu sobrinho e que partira imediatamente do Cairo, indo até Bassora, para procurá-lo.

"Abraçando Bedredin com muita ternura, o vizir pediu perdão por tudo e explicou que preferira fazer essa surpresa para que a alegria desse dia fosse ainda maior.

– Agora você viverá conosco como merece – disse Shensedin. – Aqui, entre pessoas que o querem bem, você terá paz e tranquilidade. Vou chamar sua mãe. Ela está impaciente para abraçá-lo. E também seu filho, meu neto Agid.

"Entraram então no quarto o menino e sua avó. Bedredin não acreditava em felicidade tão grande.

"O vizir saiu em seguida e foi ao palácio contar ao sultão o sucesso de sua viagem, e o sultão ficou tão encantado com todos esses acontecimentos que mandou escrever tudo o que ouvia para guardar nos arquivos do reino. Ao voltar para casa, Shensedin Mohamed ofereceu um banquete à família.

"Tendo assim o vizir Giafar acabado a história de Bedredin Hassan, disse ao califa Harum Al Rachid:

– Era isso o que eu tinha a contar a Vossa Majestade.

"O califa achou a história realmente tão maravilhosa que concedeu o perdão ao escravo Rian. E, para consolar o rapaz do remorso de ter assassinado a mulher que amava, fez com que ele se casasse com uma de suas escravas, deu-lhe vários bens e o estimou para sempre."

– Porém, senhor, disse Sherazade ao sultão, notando que o dia raiava –, por mais que tenha gostado desta história, sei outra que o agradará bastante.

"Shariar levantou-se sem dizer nada, incerto do que faria. E pensou: "Esta moça conta histórias muito bonitas. Quando começa alguma, não há quem não deseje ouvi-la até o fim. Não sei se mando matá-la hoje. E se a história desta noite for a mais interessante de todas? Ela tem tanto jeito para contar. E eu gosto tanto de ouvi-la. Não vou me privar disso. Mas será sua última noite. Depois dessa narrativa, ordenarei sua morte."

Capítulo XXI
O barbeiro de Bagdá

Depois das várias histórias que o sultão há longo tempo escutava com o maior interesse, Sherazade iniciou outra, a do barbeiro de Bagdá, que Dinazarde pediu ao cunhado para ouvir. Shariar não esperava outra coisa, pois também ele estava curioso. Já escutara falar desse barbeiro e de suas aventuras, mas não as conhecia. Assim, Sherazade começou:

"No reinado do califa Billah, príncipe muito querido por sua imensa bondade para com os pobres, dez ladrões costumavam agir nos caminhos que levavam a Bagdá. Cometiam roubos e incríveis crueldades. Querendo acabar com essa desordem, o califa ordenou à sua guarda que, passadas as comemorações de fim de ano, prendesse e condenasse à morte esses ladrões.

"O chefe da guarda, segundo o barbeiro, colocou tanta gente em campo para essa diligência, que os ladrões foram apanhados logo depois das festas. No dia em que foram presos, a figura do barbeiro tornou-se conhecida de toda a cidade.

"Passava eu perto do rio, dizia, quando vi dez homens bem vestidos embarcarem para a outra margem. Não reparei que vários guardas os acompanhavam. Imaginei que fossem para lá se divertir. Resolvi embarcar com eles, na esperança de também ser convidado para alguma coisa. A embarcação desceu o rio Tigre. A certa altura, disseram-nos para saltar. Estávamos diante do palácio do califa, onde fomos cercados por um novo corpo de guardas. Percebi então em que bela

confusão me metera, pois nos algemaram e nos levaram à presença do soberano. Nada falei. O que ia adiantar? Ninguém me daria ouvidos. Poderiam até me maltratar ainda mais.

"O califa ordenou o castigo:

– Cortem a cabeça dos dez ladrões.

"O carrasco nos colocou em fila e, por sorte, fiquei no último lugar. As dez cabeças tombaram. Quando o carrasco me viu, parou. O califa perguntou por quê. O carrasco mostrou:

– Já cortei a cabeça dos dez, senhor.

"O príncipe constatou que era verdade. Olhando bem para mim, não me achou mesmo com cara de ladrão. Quis saber por que eu estava com o bando. Quando expliquei a razão, o califa riu tanto que não conseguia mais parar. Depois, perguntou por que eu não dissera nada ao ser condenado.

– Tenho o apelido de silencioso – respondi. – Acho sempre que as coisas podem ser resolvidas sem palavras. Venho seguindo, durante toda a vida, essa filosofia. Sou o contrário de meus irmãos, que falam demais.

– Que espécie de homens são os seus irmãos? – perguntou o monarca.

– Cada um mais falador do que os outros.

– Conte alguma coisa sobre qualquer um deles – pediu o califa.

"Alnashar, um de meus irmãos mais jovens, sempre foi muito preguiçoso. Em lugar de trabalhar, dormia durante o dia e à noite mendigava. Quando nosso pai morreu, deixou para cada filho cem dracmas. Alnashar nunca vira tanto dinheiro. Pensou durante muito tempo, depois o empregou em copos e garrafas, comprados de um mercador. Colocando a mercadoria numa canastra, abriu pequena loja e sentou-se ali dentro, tendo a canastra sempre a seu lado. Passava horas esperando compradores e sonhando em voz alta. Um dia, passando por ali um amigo, parou para ouvir o que Alnashar dizia.

– Esta canastra é tudo o que tenho neste mundo. Se conseguir vender bem o que comprei, terei duzentas dracmas, que bem empregadas se tornarão quatrocentas. Continuando assim, em pouco tempo terei quatro mil dracmas. De quatro mil, chegarei facilmente a oito. Mais tarde, trocarei o negócio de vidros pelo de ouro. Depois farei o comércio de diamantes. Então comprarei uma bela casa, terras imensas, escravos, eunucos e cavalos. Serei um príncipe e pedirei em casamento a filha do grão-vizir. Mandarei dizer que, na noite de núpcias, ela receberá de presente mil peças de ouro.

"Depois do casamento, ela ganhará pelo menos uns dez eunucos, jovens e bonitos. E eu terei um cavalo com sela guarnecida de diamantes e pérolas. Andarei pela cidade seguido por meus escravos. Minha mulher não sairá do quarto sem minha ordem. À noite, há de suplicar por minhas carícias. Mas eu me voltarei para o outro lado, como se ela não existisse. Minha sogra, mulher do vizir, virá a mim com todo o seu séquito e se ajoelhará pedindo que dê atenção à filha, mas eu me afastarei sem responder.

"Alnashar encontrava-se tão engolfado nessas visões, que, de repente, imaginando se bater com um inimigo, deu um violento pontapé na canastra cheia de vidros. A canastra foi parar na rua e os vidros se quebraram em mil pedaços.

"O amigo que ficara ali perto, ouvindo-o, deu uma grande gargalhada e comentou:

– Isso é castigo, meu caro, por maltratar essa bela mulher com quem se casou.

"Vendo o que acontecera, meu irmão segurou alguns pedaços de vidro e se feriu. Desesperado, rasgou as vestes e depois chorou amargamente, pois a canastra continha o pouco que restara da herança recebida.

"Pessoas que passavam para as orações da tarde paravam, lastimando-o. Uma senhora, penalizada, ordenou ao

eunuco que a acompanhava que desse a Alnashar uma bolsa com quinhentas peças de ouro. Meu irmão recebeu o presente com mil agradecimentos, fechou a loja e foi para casa. Refletia ainda sobre o verdadeiro milagre dessa fortuna, quando ouviu batidas na porta. Ao abrir, deu com uma mulher muito idosa que pedia água para se lavar antes das orações. Estava de passagem e não tinha onde ir. Embora não a conhecesse, meu irmão deixou-a entrar e ofereceu-lhe a água, numa jarra, voltando a se ocupar das peças de ouro que colocara numa bolsa comprida e estreita amarrada à cintura. A velha se lavou, ajoelhou-se sobre o tapete e orou. Levantando-se, agradeceu muito a Alnashar. Com pena da mulher, vendo-a tão mal vestida, pediu que ela aceitasse duas peças de ouro. Mas a velha, mostrando-se quase ofendida, recusou. Disse estar hospedada na casa de uma senhora jovem, rica, encantadora e acabou convidando meu irmão para visitá-la. Afirmou com veemência que a jovem gostaria de conhecê-lo. E tanto falou na beleza dessa criatura, que Alnashar aceitou o convite para acompanhá-la até lá naquele mesmo instante.

"Chegaram a uma grande casa. Orientados por uma escrava grega, atravessaram o pátio e entraram nos aposentos da mulher, de fato de rara beleza e ricamente vestida. Com gestos graciosos, ela pediu que Alnashar ficasse à vontade. Meu irmão tirou o turbante e ela o conduziu a um outro quarto, onde conversaram durante alguns minutos. Pouco depois, chegou um forte escravo negro. Segurando um alfanje, ele encarou Alnashar com ar ameaçador e perguntou o que ele fazia ali. Tudo foi tão rápido que meu irmão não reagiu. O escravo o derrubou, ferindo-o bastante.

"Depois, ajudado pela escrava grega e pela velha, tirou toda a sua roupa. Como Alnashar ficasse imóvel, o imaginaram pior do que se encontrava. Abriram um alçapão que havia no quarto e o jogaram num subterrâneo."

Sherazade percebeu a luz da manhã e não disse mais nada. Mas o sultão pediu que à noite ela continuasse a história do irmão do barbeiro de Bagdá: queria saber como Alnashar saíra dessa enrascada.

Capítulo XXII

A vingança de Alnashar

"Do porão onde ficou, Alnashar conseguia ouvir ruídos. Percebeu quando a velha voltou a sair, decerto para atrair novas vítimas. Muito tempo depois ele encontrou um meio de fugir e se escondeu em minha casa. Assim que todas as suas feridas sararam, resolveu vingar-se da velha que o enganara com tanta crueldade. Fez uma bolsa bem grande, capaz de conter quinhentas peças de ouro, e encheu-a com pedacinhos de vidro. Segurando essa bolsa e disfarçado de mulher, com um alfanje escondido embaixo da capa, Alnashar saiu à procura da velha. Não demorou a achá-la. Vendo-a, aproximou-se e perguntou, com voz suave, se ela podia informar onde haveria uma balança. Explicou:

– Sou da Pérsia. Trouxe comigo quinhentas peças de ouro. Queria ver quanto pesam.

"A velha, mais que depressa, convidou-o a acompanhá-la e levou-o à mesma casa da outra vez. A escrava grega abriu a porta e levou-o à sala já conhecida. Pouco depois apareceu o escravo. Com o alfanje que levava debaixo da capa, meu irmão o atacou, cortando sua cabeça. A escrava grega correu, mas quando chegou perto já Alnashar jogara o escravo

pelo alçapão. Vendo-o com o alfanje, a escrava assustou-se; quis fugir, mas não teve tempo: também foi morta e atirada ao subterrâneo. Com o barulho, a velha apareceu e vendo o alfanje manchado de sangue, ajoelhou-se pedindo que a deixasse viver. Perguntou a Alnashar quem ele era, não se lembrava de jamais ter visto aquela mulher. Alnashar arrancou os disfarces e revelou-se:

Sou aquele que de boa fé lhe ofereceu água para suas orações e foi traído.

"A velha chorava, mas meu irmão não a perdoou. Ela também acabou morrendo. Só restava a bela mulher que estava em seu quarto. Quando ela o viu aparecer, quase desmaiou de pavor. Disse estar ali também como prisioneira da maldita velha, que um dia a enganara, convidando-a para uma festa. Saíra com suas melhores roupas, levando cem peças de ouro. Ao chegar àquela casa, fora roubada e encerrada no quarto, servindo depois de atração para as manobras da quadrilha.

– Mas então – disse Alnashar, – teriam muito dinheiro guardado. Fortunas imensas.

– Tantas – respondeu ela – que se alguém as encontrar ficará rico para sempre.

"No começo a bela mulher hesitou, mas acabou contando a Alnashar que esse tesouro se encontrava ali mesmo. Pegando carinhosamente sua mão, levou-o a um quarto, onde muitos cofres guardavam o ouro e as pedras preciosas.

"Com voz terna, ela sugeriu:

– Vá e traga bastante gente para levar tudo isto. Ficarei esperando aqui por você.

"Meu irmão não disse mais nada. Saiu. Em pouco tempo reuniu dez homens e voltou. Ao chegar, viu a casa deserta, as portas abertas. Entrou: todos os cofres estavam vazios. Mais esperta do que ele, a jovem se fora, levando todo o tesouro.

"Para não ficar sem nada, Alnashar pediu aos homens que carregassem os móveis e as roupas dos armários – talvez valessem suas quinhentas peças de ouro roubadas.

"Os vizinhos, vendo aquele movimento, avisaram a guarda do sultão e meu irmão foi intimado a declarar de quem eram os móveis e como os conseguira. Contou a história desde o começo, e o chefe da polícia decidiu que deveria ficar apenas com aquilo que pagasse a quantia roubada, isto é, quinhentas peças de ouro. Tudo calculado, meu irmão deixou com o chefe da guarda o restante e voltou para casa. Mas a polícia mandara, sem que ele soubesse, buscar tudo que possuía. Resultado: em casa encontrou apenas as paredes. E uma ordem para deixar a cidade sob pena de morte. Refugiou-se então em minha casa e o ajudei, como pude, a se refazer."

Amanhecia quando Sherazade terminou esta história. A luz vermelha da manhã e o desejo de viver fizeram com que se lembrasse da princesa da China. Perguntou ao sultão se ele conhecia a história dos amores entre a princesa Badure e Camaralzamão, príncipe da ilha de Kaledão. Os olhos de Dinazarde brilharam, pois ela sabia que essa história era muito antiga, cheia de maravilhas. O sultão Shariar pediu que Sherazade a contasse já ao escurecer da noite seguinte.

Capítulo XXIII

O príncipe Camaralzamão

"Quase a vinte dias de navegação das costas da Pérsia, há no mar uma ilha chamada Kaledão. Essa ilha divide-se em províncias muito grandes, governadas naquele tempo pelo rei Shazamão. Esse rei, muçulmano, tinha quatro mulheres de matrimônio legítimo, todas filhas de outros reis, e sessenta concubinas.

"Consideravam Shazamão o monarca mais feliz da terra, mas um grande desgosto o roía, o de não ter um só herdeiro. Durante muito tempo ele escondeu essa tristeza, mas depois se abriu com seu grão-vizir, perguntando-lhe se não conhecia alguém que pudesse ajudá-lo. O vizir respondeu que só Deus teria esse poder e que alguns vassalos, mais religiosos, poderiam orar fazendo pedidos nesse sentido. O rei concordou com essa opinião e mandou distribuir presentes e esmolas aos súditos mais fiéis, rogando que orassem por ele. Algum tempo depois, uma de suas mulheres apareceu grávida e Shazamão teve o filho esperado. Achou-o tão bonito, que o chamou de Camaralzamão, que significava lua do século.

"O príncipe Camaralzamão, criado com todos os cuidados, cresceu forte e muito bonito, recebendo os ensinamentos necessários a um herdeiro de sua estirpe. Ao completar quinze anos, o pai disse ao grão-vizir que gostaria de abdicar em favor do filho, para que ele não se perdesse na ociosidade. Como rei, teria muito o que fazer, aproveitando também a instrução recebida.

"O grão-vizir, temendo para o reino possíveis erros

causados pela inexperiência de um rapaz de quinze anos, aconselhou o rei a continuar no trono e arranjar uma noiva para o filho. Com o casamento, teria maiores responsabilidades e outras ocupações. O rei admirou o bom-senso de seu ministro e consultou Camaralzamão, mas o príncipe não se mostrou animado com a notícia. Lera que as mulheres eram falsas e maldosas. E não conhecia nenhuma que de fato o atraísse.

"O rei estranhou a resposta do filho, mas respeitou seu pedido: o príncipe queria um ano de liberdade; depois voltaria a falar com o pai sobre isso.

"No ano seguinte, a disposição de Camaralzamão para o casamento em nada mudara. Mas agora o rei desejava não só vê-lo mais ocupado, como também queria ter netos, muitos descendentes. Se não amasse tanto esse filho, ele o obrigaria a uma decisão. Mas, sem querer forçá-lo, concordou em ainda esperar, mas pediu à mãe do príncipe que o ajudasse, falando a ele das conveniências do casamento. Ela chamou-o e mencionou todas as mulheres de valor e bondade que conhecia, mas nada adiantou. O rei afinal perdeu a paciência e, com grande pesar, intimidou o filho:

– Os interesses políticos de nosso reino exigem um herdeiro casado, capaz de dar continuidade a meu trabalho. Não posso mais suportar sua desobediência e essa longa espera.

"Como o príncipe respondesse com a mesma indiferença, o pai mandou encerrá-lo numa torre antiga e abandonada, onde havia apenas uma cama, poucos móveis, alguns livros e só um escravo para servi-lo. Em lugar de se aborrecer, Camaralzamão gostou do sossego. Lia e fazia suas orações, como se ainda estivesse no palácio.

Nessa torre existia um poço que servia de abrigo,

durante o dia, para a maga Maimuna. Quase à meia-noite, ela saía do poço para ver o que se passava pelo mundo. Uma vez, estranhando enxergar luz na torre, entrou sem ser vista pelo escravo que dormia atravessado na frente da porta. Admirou-se com a beleza extraordinária do príncipe, que também dormia. O que teria feito um rapaz como ele para estar preso ali? Saiu intrigada, e no bosque que cercava a torre encontrou o gênio Danash que tinha uma incrível história para contar: ele acabava de chegar da China.

– A China – dizia –, é um dos maiores e mais poderosos países do mundo. O rei de lá se chama Gaiur e possui uma filha única, a mais bela criatura que o universo já viu. Nem todos os gênios juntos poderiam encontrar palavras que descrevessem essa princesa. O mais claro alabastro não é mais branco do que a sua pele. E nenhum amante é mais ciumento do que seu pai: para que ela não seja vista por ninguém, antes de se casar, conserva-a recolhida, mas em sete palácios diferentes, para que não se aborreça. Um palácio é de cristal, outro de bronze e há um de ouro, todos suntuosos, com jardins decorados por fontes, regatos e flores muito raras. A fama dessa beleza já fez com que inúmeros reis pedissem a princesa em casamento, mas ela sempre chorou tanto a cada pedido, que o pai, sem coragem de contrariá-la, foi obrigado a dizer não. Afinal um dia surgiu um pretendente com inúmeras qualidades, oferecendo riquíssimos tesouros a Gaiur. O rei comunicou então à filha sua decisão definitiva de casá-la, mas ela respondeu que, se fosse obrigada a isso, cravaria um punhal no coração.

– Sem saber mais o que fazer, e não querendo se indispor com os soberanos vizinhos, o rei Gaiur, com grande dor, espalhou a notícia de que a filha se encontrava doente. Prendeu-a então num dos palácios, guardada por dez mulheres de idade e pela ama de leite que a acompanhava desde o berço.

– Bela Maimuna – disse o gênio para a maga –, as coisas agora estão nesse ponto. Todos os dias vou admirar a beleza da princesa. Gostaria que também você pudesse vê-la.

"Maimuna soltou grandes risadas que surpreenderam o gênio. Depois disse:

– Ora, acabo de ver um príncipe que deve ser muito mais belo do que essa princesa. Ele está encerrado na torre que me serve de abrigo.

"Puseram-se a discutir a maga e o gênio quem seria o mais belo, se a princesa ou o prisioneiro da torre. Resolveram então trazer a princesa da China para, vendo os dois juntos, poderem decidir. Fizeram até uma aposta e Danash partiu."

O dia obrigou Sherazade a interromper a narrativa. Na noite seguinte, ela continuou.

Capítulo XXIV

A princesa da China

"Danash foi à China e voltou com inacreditável rapidez, carregando a princesa adormecida. Maimuna os recebeu e introduziu-os no quarto do príncipe Camaralzamão, onde deitaram a moça ao lado dele. Depois o gênio e maga, invisíveis, ficaram perto da cama observando os dois e discutindo ainda sobre a beleza de cada um. Mas de repente Maimuna bateu forte um dos pés no chão, que se abriu, aparecendo outro gênio, este muito feio, torto e manco, com seis chifres na cabeça, as mãos e os pés retorcidos. Esse gênio, chamado Casheash, seria o juiz da disputa.

"Olhando o par adormecido, Casheash declarou-se incapaz de dar qualquer opinião: os dois eram de beleza sem igual. Sugeriu que, para uma escolha perfeita, seria melhor acordá-los. Maimuna, na mesma hora, transformou-se em pulga e picou o pescoço do príncipe que acordou imediatamente. Já de novo como maga, Maimuna viu a mão do príncipe tocar a da princesa da China, e voltar-se admirado para vê-la. Levantou a cabeça e apoiou-se sobre o cotovelo para contemplá-la melhor. Sentiu-se então fortemente atraído por ela, beijando-a com amor, de um modo tão impetuoso que a teria acordado, se ela não estivesse num sono mais profundo, sob o encanto de Danash. Passado esse primeiro instante de surpresa e enlevo, o príncipe desconfiou que seu pai enviara essa lindíssima mulher para convencê-lo a se casar. Sentiu que não a tivesse apresentado antes: teriam poupado tempo e desgostos. Mas imaginou que talvez o rei houvesse preparado essa surpresa para depois se divertir. Afastou-se então da princesa e limitou-se a trocar com ela os anéis que usavam. A seguir, voltou-se para o outro lado e a maga o fez de novo adormecer profundamente.

"Danash acordou então a princesa, que ficou encantada com o rapaz, imaginando-o também destinado por seu pai para se tornar seu marido. Se o conhecesse antes, teria concordado há muito tempo em se casar. Apenas estranhou que o companheiro dormisse e tocou em seu braço. Não era comum, em plena noite de núpcias, o noivo se portar desse modo. Como o rapaz não acordou, beijou ternamente sua

mão, ali abandonada sobre as sedas da cama, notando a troca de anéis. Nesse momento, a maga e o gênio fizeram com que também ela voltasse a dormir e a aposta ficou sem vencedor. Concordaram ser impossível escolher o mais bonito entre os dois. Danash, ajudado agora por Casheash, levou a princesa de volta para seu quarto, na China. Pela manhã, logo ao acordar, o príncipe Camaralzamão olhou para o lado, esperando ainda ver a princesa. Achando-se só, chamou o escravo e perguntou-lhe quem trouxera aquela mulher. Como o escravo jurasse não ter visto ninguém e não ter saído da porta, o príncipe ameaçou jogá-lo ao fundo do poço. O escravo correu ao palácio e contou ao rei a visão do príncipe e suas ameaças. De fato, ele parecia agora ter enlouquecido de verdade. O rei pediu que o grão-vizir fosse à torre para ver de perto o que estava acontecendo. O príncipe, calmo como sempre, lia o Alcorão. Concluindo a leitura, perguntou ao vizir pela mulher que passara a noite ali. Este explicou ser impossível alguém ter entrado sem ser visto. Fora decerto um sonho. Mas o príncipe falava na mulher com tanta certeza, que o grão-vizir achou melhor que o próprio rei conversasse com ele."

Mais uma vez Sherazade teve que interromper a história, pois o dia chegava. Guardou silêncio. Na noite seguinte, continuou.

Capítulo XXV

Rolam na China cento e cinquenta cabeças

"Na torre onde estava preso, Camaralzamão recebeu o rei, seu pai, com todo o respeito e pediu que ele se sentasse para ouvi-lo. Terminada a narração daquela noite, para comprovar a verdade, mostrou ao pai o anel da princesa. Pediu então que o soberano a procurasse. Afinal faria sua vontade, casando-se. Estava apaixonado por aquela mulher.

"O rei ficou admirado pelo modo com que o filho falava; não, não se tratava de loucura alguma. As palavras de paixão do rapaz o tocavam.

– Quisera Deus que eu conhecesse essa mulher – respondeu afinal o rei. – Seria o pai mais feliz deste mundo. Mas quem será ela? Onde devo procurá-la?

"Tomando o príncipe pela mão, disse com tristeza:

– Venha comigo, deixe esta torre. Vamos sofrer juntos: você, o amor sem esperança; eu, o remorso de tê-lo deixado aqui e a tristeza de não poder dar remédio ao seu mal.

"Dias depois o príncipe adoeceu e o pai o levou para outro palácio, numa ilha. Não o deixava senão duas vezes por semana, quando saía para dar audiências. De resto, passava todo o tempo à sua cabeceira, tentando em vão consolá-lo.

"Na China, após ter sido levada pelos gênios ao palácio onde o pai a encerrara, a princesa dormiu o resto da noite.

"Na manhã seguinte, ao acordar, olhou para a esquerda e para a direita. Vendo que o príncipe não estava a seu lado, chamou as escravas. Nervosa, perguntou por ele:

– Onde está o rapaz que dormiu aqui? Nunca vi outro com o mesmo porte, nem de aspecto tão gentil. Eu o acariciei e fiz tudo para que ele acordasse, mas depois acabei adormecendo também.

– Princesa – disse-lhe a ama –, Vossa Alteza deve estar brincando. Não saímos um instante daqui. Não vimos ninguém entrar em seu quarto.

"Impaciente, Badure ameaçou bater em todas as escravas se não dissessem a verdade. Chamaram então a rainha que, vendo a paixão e o arrebatamento da filha, achou que ela havia perdido o juízo. Tratou-a com brandura e procurou acalmá-la.

– Este castelo é bem guardado. Em seu quarto ninguém pode entrar sem ser visto.

"Diante das lágrimas da filha e das afirmações sobre o rapaz que realmente dormira em sua cama, a rainha se retirou, pedindo ao rei que ele mesmo falasse com a princesa.

"Mostrando o anel, Badure suplicou ao pai que ele restituísse o noivo, decerto afastado dali antes do amanhecer. Apreensivo com o estado da filha e sem nada entender, o rei ordenou que fechassem a princesa em seu quarto, com forte guarda do lado de fora, ficando apenas a ama para servi-la.

"Reunido o conselho, o rei comunicou a desgraça que acontecera à filha e anunciou que, se alguém fosse capaz de curá-la, a daria em casamento, e faria essa pessoa herdeira de todos os seus domínios e de sua própria coroa.

"O desejo de possuir a bela princesa e a esperança de governar algum dia um reino tão poderoso como o da China fizeram com que muitos pretendentes procurassem o rei, dizendo-se capazes de curá-la. A todos o soberano respondia a mesma coisa: ganhariam a princesa e todas as honras se a curassem; não conseguindo, pagariam o fracasso com a vida.

"Médicos, astrólogos e mágicos apareceram, vindos de todo o reino, mas logo percebiam que o mal de Badure não era doentio, mas apenas uma paixão que ela mesma confessava não poder esquecer. Todos repetiam isso ao rei que não acreditava, julgando-os insolentes e incapazes.

– Vossa Majestade – diziam – pode curar esse mal melhor do que ninguém, quando der à princesa o marido que ela pede.

"O rei da China mandou executar tantos médicos e mágicos que o número subiu a cento e cinquenta e suas cabeças foram expostas no alto de todas as portas da cidade."

Como o Sol já se levantava, a continuação da história contada por Sherazade ficou para o dia seguinte.

Capítulo XXVI

A descoberta de Marzavão

"A ama da princesa tinha um filho chamado Marzavão, que se criara por ali, até afastar-se mais tarde para estudar astrologia.

"Depois de uma ausência de vários anos, Marzavão voltou à capital da China: as cabeças degoladas que viu no alto das portas da cidade o assustaram muito. Logo que entrou em casa, soube o que se passava. A mãe, embora sempre ocupada com a princesa, recebeu o filho com a maior alegria, mas contou-lhe depois, com lágrimas nos olhos, em que estado estava a menina que ele conhecera criança. Marzavão pediu para vê-la e a ama conseguiu convencer o eunuco, que guardava a porta do quarto, a deixá-lo passar, por se tratar de alguém capaz de curar a princesa. O eunuco quis saber quem era, e a ama respondeu:

– É minha filha. Ela andou ausente muitos anos e quer rever a princesa. Parece ter trazido filtros milagrosos. Só que o rei não pode saber, pois se os remédios não a curarem, ele mandará matar minha filha e eu serei capaz de morrer de desgosto.

"O eunuco, amigo da ama e da princesa, deixou que à noite Marzavão passasse, disfarçado de mulher.

"O nome de Marzavão despertou em Badure lembranças de sua infância. Gostou muito de revê-lo. Mas disse que não precisava de medicamento algum. Não estava doente. E contou tudo o que sucedera, mostrando o anel do príncipe a Marzavão, que prometeu procurá-lo por toda a parte. Ele pediu que a princesa tivesse paciência: haveria de encontrá-lo.

"Dizendo isso, Marzavão deixou o palácio e viajou, indo de cidade em cidade, de província em província, de ilha em ilha. A cada local onde chegava, só escutava falar na princesa da China e de sua história. Mas depois de quatro meses, começou a ouvir por outras cidades falarem na história de Camaralzamão, que também diziam estar doente. Como as duas histórias se pareciam muito, Marzavão quis saber onde morava o príncipe. Disseram-lhe haver dois caminhos, um por terra outro por mar, sendo por mar o mais curto. Naturalmente o rapaz preferiu esse, mais rápido. Mas o barco onde ia Marzavão bateu num rochedo e foi a pique, perto do castelo do rei Shazamão, pai de Camaralzamão. Marzavão nadou até a praia e o grão-vizir o recebeu, obedecendo ordens do rei que já ouvira a fama de seu nome. Descansou, foi bem tratado, ganhou roupas novas. Conversando, o grão-vizir percebeu que Marzavão possuía conhecimentos profundos e que aprendera muito nas inúmeras viagens que fizera. Perguntou se não saberia de algum medicamento capaz de curar o príncipe, há tanto tempo mergulhado em tão grande tristeza. Marzavão respondeu que, se conhecesse o doente, seria mais fácil indicar algum remédio. O grão-vizir contou então com detalhes tudo o que acontecera desde que Camaralzamão completara quinze anos. Marzavão sentiu uma grande emoção ao ver que chegara à pessoa tão desejada pela princesa Badure. Mas nada revelou ao ministro. Apenas pediu para ver o príncipe.

– Siga-me – ordenou o vizir. – Com o príncipe está também o rei. Eles já foram avisados da sua visita.

"Marzavão assustou-se ao ver o príncipe na cama, tão abatido, os olhos fechados. Não se conteve. Mesmo antes de fazer reverências ao rei, exclamou:

– Por Alá, não há no mundo nada tão semelhante!

E era verdade. O príncipe se parecia demais com a princesa da China.

"Camaralzamão despertou e depois de algumas palavras sobre o anel, pronunciadas pelo visitante, entendeu estar diante de alguém que conhecia a princesa com quem passara a noite. As cores voltaram aos poucos a seu rosto e seus olhos brilharam.

"Satisfeito por ver o filho afinal apresentar alguma melhora, o rei aproximou-se, perguntando a Marzavão quem era na verdade e de onde vinha. O rapaz respondeu que era vassalo do rei da China e que vinha de lá. O rei mostrou-se alegre e agradecido, dizendo que saberia recompensar com a maior generosidade o homem que afastara seu filho daquela melancolia. Mais tranquilo, afastou-se do quarto, acompanhado pelo grão-vizir. Marzavão então aproveitou ficar só com o príncipe, para dizer:

– Não se aflija mais. A mulher que passou a noite a seu lado, na torre, foi a princesa Badure, filha do rei da China, que se chama Gaiur. Ela está sofrendo tanto quanto você.

"Marzavão contou sua entrevista com a princesa e o que se passava na China, inclusive como eram tratados pelo rei aqueles que tentavam e não conseguiam curar Badure. O príncipe desejou viajar imediatamente para vê-la, mas concordou com Marzavão que deveria, antes, se cuidar, pois a viagem era longa demais.

"Alguns dias depois o príncipe deixou a cama e pediu para se vestir. O rei, abraçando Marzavão, não cessava de agradecer essa melhora, tão repentina, sem a entender muito bem. Quando afinal o filho saiu do quarto, animado e com boa saúde, ordenou festas no reino que duraram dias, deu esmolas aos pobres e mandou soltar todos os presos.

"Assim que Camaralzamão sentiu-se forte para suportar a viagem, pediu a Marzavão que cumprisse a promessa de levá-lo à China.

– Na impaciência em que estou para ver a princesa, acho que, se não partirmos logo, ficarei outra vez doente. Mas meu pai, que vive a meu lado, consentirá na viagem?

"Marzavão, que observara como pai e filho viviam unidos, já pensara nisso. Talvez fosse inevitável fugirem. Propôs ao príncipe:

– Sairemos como para caçar. Mais tarde, voltando casado com a princesa, a alegria do rei será tão grande que ele o perdoará.

"Camaralzamão concordou e escolheu para a caçada os melhores cavalos. O pai quis ver pessoalmente os preparativos, para que não faltasse coisa alguma. Na despedida, abraçando o príncipe, pediu a Marzavão que olhasse por ele.

"Fingiram caçar, galopando pelo campo, para enganar os criados. Ao entardecer cearam num alojamento de caravanas e dormiram até quase meia-noite. Despertando primeiro, Marzavão acordou o príncipe. Disfarçaram-se de escravos e saíram montados em mulas, levando cada um seu cavalo pelas rédeas.

"Viajaram muitos dias por terra e por mar. Finalmente chegaram à capital da China, onde Marzavão, em lugar de levar o príncipe diretamente ao palácio, hospedou-se com ele numa casa destinada a estrangeiros. Durante três dias, descansaram da viagem. Nesse intervalo, Marzavão mandou fazer uma roupa de astrólogo para com ela o príncipe se disfarçar. Vestindo-a, na manhã do quarto dia, depois do banho, Camaralzamão foi para o palácio do rei da China. Marzavão adiantou-se, mandando logo contar à sua mãe, ama da princesa, que chegara da viagem com boas notícias."

Sherazade terminava essa parte da história, quando o dia clareou. Prometeu ao sultão das índias continuá-la na noite seguinte.

Capítulo XXVII

O príncipe arrisca a vida

"Instruído por Marzavão sobre o que devia fazer, o príncipe levou tudo o que convinha a um astrólogo. Chegando às portas do palácio, ele gritou em voz alta:

– Sou um astrólogo. Vim de longe para salvar a princesa Badure. Prometo respeitar as condições propostas pelo rei Gaiur. Se ela ficar boa, nos casaremos. Se não conseguir curá-la, morrerei como todos os outros que tentaram.

"Camaralzamão logo foi cercado pelos guardas do palácio e pelo povo que passava. Há muito não aparecia alguém, – médico, astrólogo, ou mágico – para tentar curar a jovem, com medo de tantos exemplos trágicos dos que nada haviam conseguido senão a própria morte.

"Diante da beleza do príncipe e de sua mocidade, todos tiveram pena de seu destino. Ninguém mais esperava que alguém pudesse salvar a princesa.

"O grão-vizir mandou que ele entrasse e levou-o à presença do rei. O príncipe ajoelhou-se diante do trono, beijou a terra e pediu a honra de examinar a princesa Badure.

"O monarca repetiu a promessa que fizera aos outros e perguntou se ele estava mesmo disposto a correr todos os riscos.

– Senhor – respondeu o príncipe –, vim de muito longe e estou sendo recebido com grande generosidade. Nunca me perdoaria se agora, por medo, eu deixasse de salvar a princesa. Estou certo dos poderes de minha arte.

"O rei ordenou então ao eunuco, guarda da princesa Badure, que levasse o príncipe para vê-la. Antes de Camaralzamão deixar a sala, ainda o avisou que, se quisesse, estava em tempo de desistir. Mas o rapaz seguiu em frente, confiante.

"Atravessaram uma longa galeria que ia dar nos aposentos da princesa. O eunuco estranhou a pressa do príncipe. Nunca vira ninguém correr tanto em busca da morte. No fim do corredor, havia uma porta que se abria para uma grande sala. Dali passava-se ao quarto de Badure, fechado por um reposteiro. Antes de entrar, o príncipe fez um sinal ao eunuco e, em voz baixa, para não ser ouvido por ela, perguntou se preferia que a curasse dali mesmo, sem ser visto. Admirado pela segurança com que o rapaz falava, o eunuco desafiou-o a provar o que acabava de dizer. Camaralzamão pegou um papel e escreveu à princesa da China:

Querida princesa:

O apaixonado príncipe Camaralzamão não deseja lembrar tudo o que sofreu desde a noite em que seus encantos o fizeram esquecer a antiga vontade de ser livre. Vendo-a adormecida, não pôde conhecer a beleza de seu olhar, mas nesse rápido instante em que a teve a seu lado, fez uma troca de anéis para conservar sempre uma lembrança de sua presença. Agora está aqui para devolver o anel, esperando que o amor que sentiu desde então seja correspondido. Se for, o príncipe será o mais feliz de todos os amantes. Em caso de recusa, morrerá com resignação. Cheio de amor, espera sua resposta aqui mesmo, na antessala de seus aposentos.

"Terminando a carta, sem que o eunuco percebesse, o príncipe colocou o anel na mesma pequena bolsa que pediu fosse entregue à princesa Badure.

– Se ela não ficar curada no mesmo instante – disse ao eunuco –, podem falar a todos que sou o mais indigno dos astrólogos que existiram e que existirão.

"Entrando no quarto, o eunuco apresentou à princesa o que levava, desejando que de fato ela se curasse. Badure olhou com indiferença para a bolsa, depois leu a carta e então viu o anel. Levantou-se com um sorriso apaixonado, correu ao reposteiro e abriu-o. Então ela e o príncipe olharam-se longamente e depois se uniram num abraço ardente.

"Na mesma hora o eunuco foi dar a boa notícia ao rei da China:

– Senhor – disse –, todos os astrólogos, médicos e mágicos que tentaram curar a princesa não passavam de ignorantes. Este último não se serviu de magia, nem de espíritos malignos, nem de perfumes, nem de outras coisas: curou a princesa de longe, sem entrar no quarto.

"O rei da China recebeu o príncipe com a maior satisfação e ouviu a verdade. Camaralzamão confessou não ser médico, nem astrólogo e contou os acontecimentos estranhos ocorridos naquela noite em que vira a princesa deitada a seu lado.

"Celebrou-se o casamento no mesmo dia. Festas solenes se realizaram em toda a extensão da China. Marzavão não foi esquecido. O rei admitiu-o na corte e ele passou a ocupar, desde então, um alto cargo.

"Os príncipes tiveram meses e meses de muita felicidade, até que uma noite Camaralzamão sonhou com o pai. No sonho, o rei aparecia na cama, doente, com saudades do filho que o abandonara. Despertou angustiado, e contando o sonho para a princesa, mostrou o desejo de rever o pai, no país remoto onde o deixara.

"Conversaram com o rei, conseguindo seu consentimento para a viagem. Iniciaram então os preparativos para a partida. O rei despediu-se com lágrimas, pedindo ao genro que amasse a princesa, como ela o amava.

"Um mês depois chegaram a uma grande planície, com muitas árvores e sombras agradáveis. Como o calor era quase insuportável, resolveram acampar. A princesa recolheu-se e o príncipe saiu para dar suas ordens. Voltando à tenda, Camaralzamão viu que Badure dormia sem estar com suas joias. Entre os diamantes e rubis que em geral a adornavam, havia uma pequena bolsa, fechada com um cordão. Curioso para saber o que ela continha, o príncipe não resistiu. Abriu o cordão e viu um talismã envolto em seda, onde estavam gravadas figuras e letras que não conhecia. Imaginou tratar-se de alguma peça muito preciosa para sua mulher, pois a trazia sempre junto ao corpo.

"De fato, a princesa não se separava desse talismã, presente de sua mãe. Para vê-lo melhor, o príncipe saiu da tenda e colocou-o na palma da mão, olhando-o na claridade do dia. Nesse momento, um pássaro aproximou-se e, rapidamente, levou o talismã no bico."

Já se via a claridade da manhã quando Sherazade pronunciou as últimas palavras. Percebendo amanhecer, calou-se. Na noite seguinte, continuou.

Capítulo XXVIII

Um talismã separa os amantes

"Pode-se imaginar a aflição do príncipe Camaralzamão quando o pássaro levou o talismã de sua mão. Ficou imóvel alguns instantes, sem saber o que fazer e sem coragem de contar à princesa o que acontecera.

"Depois de ter apanhado o talismã, o pássaro ainda pousou em terra, um pouco mais adiante. O príncipe correu até lá. Mas antes de ser alcançado, o pássaro voltou a voar, desta vez para mais longe. O príncipe procurou segui-lo, pois às vezes ele descia, brincando. Nessa perseguição afastou-se demais, sem conseguir alcançar o pássaro. A noite chegava. Desesperado, sem saber como voltar sem o talismã, o príncipe não reparou ter entrado demais numa densa floresta de onde já não sabia regressar. Com fome, deprimido e cansado, depois de muito andar, deitou-se e passou a noite perto de uma árvore: justamente onde o pássaro se encontrava.

"Pela manhã, viu a ave levantar voo e ainda a seguiu, mas sem nenhum sucesso. Foi assim, fazendo o mesmo, até o décimo dia. Chegou então a uma grande cidade. Lá estava o pássaro: parecia esperá-lo no alto de uma das muralhas. Mas depois afastou-se, desaparecendo outra vez. Camaralzamão perdeu a esperança de recuperar o talismã.

"Aflito, entrou na cidade que ficava à beira-mar e possuía um belíssimo porto. Caminhou pelas ruas sem saber para onde ir, até ver aberta a porta de um jardim. Entrando, encontrou o jardineiro, um velho simpático que logo percebeu ser o rapaz estrangeiro e muçulmano. O homem então avisou que a cidade era cheia de fanáticos, inimigos dos muçulmanos. Era preciso, pois, tomar muito cuidado. Da maneira mais cordial, fez com que o príncipe comesse e tomasse vinho, depois pediu para ouvir sua história.

"Camaralzamão contou-a e, ao terminá-la, entre lágrimas, falou na princesa Badure que o esperava, e no pai, doente, na ilha de Kaledão. O velho informou que às vezes navios saíam dali para essa ilha, embora ela ficasse bem distante. E que, se ele quisesse, poderia aguardar em sua casa, ali dentro do jardim. Comovido, o príncipe agradeceu o favor e se dispôs a ajudar o velho em seu trabalho até o dia em que afinal partisse."

Como o dia amanhecesse, Sherazade interrompeu a história, deixando Camaralzamão nesse jardim, até poder continuar sua narrativa para o sultão, na noite seguinte.

Capítulo XXIX

Como a princesa Badure tornou-se o "rei" de Ébena

"A princesa da China dormiu bastante tempo e ao acordar admirou-se de não ver o príncipe. Chamou as aias e perguntou a todas onde ele estava, mas ninguém soube responder. Esperou-o até o anoitecer. Para se distrair, ajudou a guardar as roupas que deixara espalhadas. Percebeu então que faltava a pequena bolsa onde conservava o talismã. A cada momento tornava-se mais nervosa, e chegando ao limite da angústia, resolveu agir. Ninguém, a não ser as amas de confiança, sabia do desaparecimento do príncipe. Ela bem poderia passar por ele. Todos não a achavam parecida com Camaralzamão? Pois bem, vestiu suas roupas e ordenou que levantassem as tendas para partirem. Pediu antes que uma das jovens de sua comitiva entrasse na liteira em seu lugar. Aí montou a cavalo e seguiu viagem.

"Depois de andar meses por terra e por mar, chegou à ilha de Ébena, próxima de Kaledão, que era governada pelo rei Armanos. Todos logo souberam, na cidade e nos arredores, que Camaralzamão voltava para Kaledão e ficaria ali esperando o mau tempo melhorar. Quando o rei Armanos soube disso, foi com grande parte de sua corte dar as boas-vindas ao príncipe. Recebeu-o com muito carinho, por ser filho do rei Shazamão, seu grande amigo.

"Todas as honras foram prestadas a quem julgavam ser Camaralzamão. Passados alguns dias, encantado com o "príncipe", o rei Armanos chamou-o em particular e disse que estava muito alegre por ter conhecido pessoa simpática e tão viva de espírito. Tendo só uma filha, desejava que a aceitasse como esposa. Assim, em lugar de voltar à ilha de Kaledão, ficaria no reino de Ébena, herdando de imediato sua coroa.

– Para mim – dizia o rei Armanos – ela já pesa demais. Quero descansar. E nada me deixará mais feliz do que ver meu reino governado por tão digno sucessor.

"A princesa Badure aceitou o oferecimento, pensando sempre em rever seu marido Camaralzamão e poder colocar em suas mãos todos esses bens. O casamento foi ajustado. A princesa comunicou a seus oficiais o que se passava e, em nenhum momento, eles perceberam não ser ela o príncipe. Às aias, pediu que continuassem a guardar segredo.

"Terminada a cerimônia do casamento, o rei Armanos colocou a coroa sobre a cabeça de Badure e ela fez o juramento de fidelidade ao trono. À noite, no palácio iluminado, a princesa Haia, filha do rei Armanos, foi conduzida à princesa Badure, que tremia de medo. Era preciso afinal contar toda a verdade. A princesa Haia maravilhou-se com a história de amor do príncipe Camaralzamão e da princesa da China. Entendeu perfeitamente a razão do disfarce e também passou a esperar, sem nada dizer a ninguém, que o príncipe verdadeiro um dia aparecesse em Ébena. Então todos poderiam conhecer o fantástico episódio que as duas estavam vivendo.

"O príncipe continuava na casa do jardineiro. Durante uma festa religiosa, em que não trabalhou, ele viu dois pássaros brigarem entre a folhagem de uma árvore. Em poucos instantes, um deles morreu e o outro levantou voo. Outros pássaros maiores se aproximaram, abriram uma cova com as garras e enterraram o morto. Desapareceram, depois, voltando mais tarde com o pássaro assassino. Colocaram-no sobre a sepultura do que morreu e se vingaram, abrindo seu peito com bicadas. Em seguida partiram, deixando o corpo do pássaro ali, exposto.

"Camaralzamão assistira a tudo com horror. Depois, chegando perto, olhou a ferida aberta no corpo do pássaro. Surpreso, enxergou alguns dos pedaços da seda que envolvia o talismã. Puxando-os, reencontrou aquilo que para a princesa Badure valia um tesouro: ali estava o presente de sua mãe.

"Não seria possível descrever a alegria do príncipe Camaralzamão ao redescobrir o talismã.

– Bendito seja o céu que me devolveu a esperança –

murmurou, guardando aquilo que de maneira tão injusta causara sua separação da princesa.

"No outro dia, o jardineiro pediu que ele cortasse uma árvore que ameaçava cair, pois sua raiz estava morta. Camaralzamão, afastando a terra para examinar a raiz, descobriu um alçapão de bronze. Abrindo-o, encontrou uma escada de dez degraus, que dava para um subterrâneo. Ali viu cinquenta grandes vasos de bronze, todos cheios de ouro em pó. Feliz, saiu novamente para a luz do dia, arrancou a árvore e soube, pelo jardineiro, que um navio se aproximava, indo em direção a Ébena e depois à ilha de Kaledão. Ao ouvir essa notícia, levou o velho ao subterrâneo e mostrou-lhe os vasos cheios de ouro.

"Emocionado, o jardineiro contou que há oitenta anos procurava esse tesouro, enterrado por seu pai. Mas que seria um sinal do destino, porque se Camaralzamão o encontrara com tanta facilidade, era digno dele e com ele deveria ficar. O rapaz não aceitou a oferta, preferindo repartir o tesouro com o jardineiro, que logo levou sua parte para casa. Depois colocaram azeitonas sobre o ouro, em todos os vasos que ficaram para o príncipe. Assim, seriam embarcados sem que percebessem do que se tratava.

– Não há azeitonas na ilha de Ébena – afirmou o jardineiro. – Além de servirem como disfarce, serão muito bem vendidas.

"Os marinheiros do navio ajudaram Camaralzamão a transportar seus vasos. Ele despediu-se do jardineiro com gratidão e amizade, dizendo que jamais o esqueceria. O vento era bom e precisava partir. Mas, quando saía, o príncipe estranhou o aspecto do velho. Percebeu que se sentia bastante doente. Mandou dizer aos marinheiros que esperassem um pouco e procurou fazer tudo para que o amigo melhorasse. Mas todo o esforço foi em vão: no fim da noite, ele morreu. O rapaz passou todo o dia seguinte cuidando do enterro, das orações e homenagens ao morto. Quando afinal foi para o porto, o navio já ia longe."

Sherazade queria prosseguir, porém, o dia chegava. Prometeu ao sultão das índias continuar, na noite seguinte, a triste história de Camaralzamão.

Capítulo XXX

O reencontro dos príncipes e o destino de Sherazade

"Assim, o príncipe Camaralzamão foi obrigado a ficar cuidando daquele jardim por mais algum tempo, até que outro navio passasse por lá, em direção à mesma ilha. Colocou azeitonas sobre o ouro, também nos vasos que restavam, aqueles que pertenciam ao velho jardineiro que morrera antes de aproveitar a fortuna.

"Quando o naviou chegou a Ébena, espalhou-se a notícia de que chegava um carregamento de tecidos riquíssimos. Com esperança de que o príncipe estivesse nessa embarcação, Badure ordenou que lhe trouxessem um cavalo e, seguida por seus oficiais, foi ao porto. Mandou chamar o capitão do navio para saber de onde vinha, há quanto tempo partira, que bons ou maus ventos encontrara e se não trazia um estrangeiro a bordo.

"O capitão respondeu a todas as perguntas, assegurando que só trazia mercadores que por ali costumavam negociar. Quanto à carga, ela poderia ver: tapetes riquíssimos de diversos países, panos dos mais finos, almíscar, âmbar, cânfora, especiarias, drogas medicinais e muitas azeitonas de qualidade.

"A princesa era apaixonada por azeitonas. Ao ouvir falar nelas, disse ao capitão que ficaria com todos os vasos: poderia desembarcá-los sem demora.

"À noite, foi ao quarto da princesa Haia e as duas resolveram abrir os vasos para comer algumas azeitonas, despejando-as num prato. Faziam isso, satisfeitas, quando perceberam, com espanto, que as azeitonas saíam misturadas com ouro.

– Veja! Que maravilha! – exclamou Badure, examinando melhor os vasos. E sua admiração cresceu mais ainda quando notou, entre o ouro, o talismã que perdera. Mostrando-o à amiga, empalideu e desmaiou.

"Assustada, Haia chamou as camareiras e, com perfumes e água, fizeram a princesa da China recuperar os sentidos. Quando se viu outra vez só com Haia, mostrou a ela o talismã.

– Foi isto o que me separou do príncipe. Mas sinto que agora nosso encontro está próximo.

"Ao amanhecer, a princesa da China mandou chamar o capitão do navio e pediu informações sobre o mercador a quem pertenciam aquelas azeitonas.

"O capitão explicou que negociara com um velho jardineiro a passagem de um rapaz e o carregamento dos vasos. Depois, os marinheiros foram buscar a mercadoria numa casa bastante pobre, onde viviam o moço e o jardineiro.

– Os marinheiros avisaram o passageiro que os ventos mudavam e que o navio sairia antes da noite. Mas depois esperamos bastante e ele não apareceu.

"A princesa Badure ordenou que voltassem ao mesmo porto e trouxessem o jardineiro e o jovem que perdera a viagem.

– Se não fizerem isto agora mesmo mandarei confiscar toda a carga do navio. Só liberarei a mercadoria quando o rapaz e esse jardineiro chegarem à minha presença. Os fardos ficarão nos armazéns, como garantia.

"Vendo que o capitão não compreendia o motivo dessa ordem, a princesa arranjou uma desculpa:

– Esse jardineiro deve muito dinheiro a esta corte. Terá de vir efetuar o pagamento.

"Sem demora, o capitão providenciou as provisões para a viagem e lançou-se outra vez ao mar. A viagem transcorreu calma, com bons ventos. Assim que chegou ao porto, o capitão dirigiu-se ao jardim, que agora era cuidado pelo príncipe. Naquele momento, em casa, ele dormia, sonhando com a princesa da China. Ao ouvir barulho fora, levantou-se, vestiu-se apressadamente e abriu a porta. Sem esperar por isso, foi agarrado e levado à embarcação. Quando perguntou ao capitão o que significava tudo aquilo, ouviu a acusação de ser devedor, tendo contas a pagar ao rei da ilha de Ébena.

– Eu, devedor do rei? Não o conheço, nunca tive negócios com ele, nem jamais pisei nesse reino.

– Espero que diga o mesmo quando chegar lá – respondeu o capitão.

"A viagem para Ébena foi tranquila. O navio fundeou no porto à noite. Ao desembarcar, o capitão quis levar imediatamente o príncipe Camaralzamão ao palácio.

"A princesa Badure, assim que ouviu a notícia, saiu para ver o jardineiro. Ao olhar para ele, logo reconheceu o marido por quem derramara tantas lágrimas. Camaralzamão, diante do jovem rei que o acusava, mal levantou o rosto, não podendo adivinhar que se encontrava diante de sua própria mulher. A princesa liberou a mercadoria, agradeceu ao capitão e ordenou que lhe dessem um diamante de presente.

"Já em seu quarto, Badure mandou chamar a princesa Haia e contou-lhe o que se passara, pedindo-lhe, no entanto, que ainda guardasse segredo. A seguir, ordenou a diversos escravos que cuidassem muito bem do estrangeiro recém-chegado. Após os banhos, vestindo roupas de emir, Camaralzamão foi convidado a ir ao Conselho onde sua beleza chamou a atenção. A princesa alegrou-se muito por vê-lo tão amável, como sempre fora. Elogiou-o na frente de todos, dizendo tê-lo conhecido durante uma viagem.

"A farsa continuou por alguns dias. A princesa notava, porém, a tristeza de Camaralzamão, apesar de todas as honras que o cercavam. Afinal, pediu a ele que a procurasse à noite, em seus aposentos, para uma conversa particular.

"Camaralzamão apareceu à hora indicada e a princesa, ainda fazendo-se passar pelo rei de Ébena, mostrou-lhe o talismã, perguntando para que servia.

"O príncipe examinou a joia perto de uma vela e respondeu:

– Para que serve? Para me fazer quase morrer de desgosto, por ter me separado da princesa mais encantadora que jamais apareceu sobre a Terra. Esse talismã foi a causa de uma estranha aventura que afastou dois apaixonados.

"Ouvindo isso, a princesa pediu que ele esperasse e foi para outro quarto, onde tirou o turbante e as vestes masculinas. Com a mesma roupa que vestia na ocasião em que o príncipe partira do acampamento, voltou para onde ele estava. Reconhecendo-a, ele a abraçou com paixão.

– Você nunca mais verá o rei de Ébena – ela explicou.

"E, nessa mesma noite, contou tudo o que acontecera e como fora obrigada a casar-se com Haia e a aceitar a coroa do rei Armanos. O príncipe também narrou suas aventuras desde que saíra da tenda e seguira o pássaro que roubara o talismã.

"Ao amanhecer, a princesa da China mandou um eunuco chamar o rei Armanos e o recebeu com suas vestes de mulher. Ele estranhou: quem seria aquela jovem desconhecida, de extraordinária beleza? Soube então da verdade e sentiu-se feliz por em lugar de um filho agora contar com dois. Quanto a Haia, a princesa Badure permitiu que se casasse com um nobre que ela amava, e aos dois ofereceu o reinado de uma ilha próxima. Foi sempre grata por Haia não ter revelado seu segredo.

"Felizes com seus maridos, as princesas continuaram amigas por muitos e muitos anos.

"Camaralzamão foi proclamado rei com grandes comemorações. Ele e Badure, de sua paixão, tiveram vários filhos."

Amanhecia. Sherazade terminava de contar a longa história. O sultão não podia deixar de admirar sua memória prodigiosa: já se haviam passado mil e uma noites. Durante esse tempo, diminuíra sua prevenção contra as mulheres. Seu espírito estava mais brando. Confiava agora na fidelidade de Sherazade e achava emocionante a coragem com que ela enfrentara a morte para conseguir ser sua esposa e libertar as mulheres de sua terra. Por tudo isso, Shariar afinal concedeu-lhe a vida e casou-se com ela, tornando-a a sultana das Índias.

– Vejo que suas histórias são inesgotáveis e também sua gentileza em passar noites e noites nos entretendo com seu talento. Renuncio à lei que impus e quero que, sob minha proteção, você seja considerada a libertadora de todas as mulheres que, por meu injusto ressentimento, ainda mandaria sacrificar se não a tivesse conhecido.

A sultana ajoelhou-se, agradeceu e depois o abraçou, reconhecida.

O grão-vizir, pai de Sherazade, foi o primeiro a saber da agradável notícia que depois se espalhou pela cidade e pelas províncias, atraindo para o sultão e para Sherazade mil louvores e bênçãos de todos os povos do grande império das índias.

QUEM FOI JULIETA DE GODOY LADEIRA?

Apresentar Julieta de Godoy Ladeira é realmente algo dispensável. Ela foi uma escritora bastante conhecida por seu talento, e também por sua simpatia. Nasceu em São Paulo em 1935 e faleceu em 1997.

Apurado estilo, inigualável técnica narrativa e aguçada sensibilidade – todas essas qualidades, que denotam uma escritora rigorosa e exigente, sempre estiveram presentes nas obras de Julieta, e valeram-lhe muitos prêmios literários.

A autora publicou vários livros: *Passe as férias em Nassau, Entre lobo e cão, La Paz existe?, Dia de matar o patrão* e *Era sempre feriado nacional*. Tem também contos em muitas antologias, publicadas no Brasil e no exterior.

Sua atividade literária foi, contudo, mais além: colaborou em jornais e revistas; organizou projetos editoriais; criou e coordenou coleções; foi publicitária e deu aulas de Criação na Escola Superior de Propaganda e Marketing de São Paulo.

Apaixonada pelas histórias de *As mil e uma noites*, Julieta empenhou-se na realização de uma criteriosa adaptação dessa obra clássica, dedicada ao nosso público juvenil.